Die Frau in der Literatur

»Ich werde jetzt sechsundsiebzig Jahre alt.
Was soll ich anfangen mit all dieser Vergangenheit?
Was soll man überhaupt mit der Vergangenheit anfangen?
Aber du weißt es ja! Nur Worte . . .«

Paul Valéry, Cahiers

Françoise Giroud

Ist es nicht herrlich, glücklich zu sein?

Autobiographie

Ullstein

Ullstein Buchverlage GmbH
Berlin
Taschenbuchnummer: 30431

Titel der Originalausgabe:
Arthur ou Le bonheur de vivre
Aus dem Französischen von
Susanne Alge

März 1999
Deutsche Erstausgabe

Umschlaggestaltung:
Theodor Bayer-Eynck
Umschlagphoto:
Jeanneau/Sipa Press, Paris

Printed in Germany 1998
Gesamtherstellung: Ebner Ulm
ISBN 3 548 30431 1

Gedruckt auf alterungs-
beständigem Papier mit
chlorfrei gebleichtem Zellstoff

Die Deutsche Bibliothek – CIP-Einheitsaufnahme
Giroud, Françoise:
Ist es nicht herrlich, glücklich zu sein? : Autobiographie / Françoise Giroud.
[Aus dem Franz. von Susanne Alge]. – Dt. Erstausg. – Berlin : Ullstein, 1999
(Ullstein-Buch ; 30431)
Einheitssacht.: Arthur ou Le bonheur de vivre <dt.>
ISBN 3-548-30431-1

Ich hatte darum gebeten, nicht gestört zu werden. Ich hatte eine dringende Arbeit zu erledigen. Aber der Mann am Telefon war so beharrlich, daß meine Sekretärin ihn schließlich zu mir durchstellte.

Also hörte ich folgendes: »Madame, es handelt sich um Ihren Sohn . . .«

Was ist mit ihm?« Ich dachte sofort an irgendeine Ungehörigkeit.

»Er ist verschwunden.«

»Was soll das heißen: verschwunden?«

»Man hat ihn seit gestern nachmittag nicht mehr gesehen. Man hat ihn gegen vier Uhr Richtung Piste gehen sehen. Seine Schuhe sind nicht in seinem Zimmer, er ist also nicht zurückgekehrt. Er ist verschwunden . . . Madame, hören Sie mich? Man hat schon mit der Suche begonnen, aber wenn Sie die Behörden verständigen könnten, hätten wir bessere Möglichkeiten . . . Es sollte schnell gehen, schnell . . .«

Ich hörte zu, völlig vor den Kopf geschlagen. Alain machte seit acht Tagen Ferien an einem Wintersportort in Savoyen, wo er jeden Quadratmeter kannte. Er war ein ausgezeichneter Skifahrer. Diese Geschichte war nicht wahr, konnte nicht wahr sein.

Alain, mein Kleiner, mein Junge, das ist ein Scherz, oder? Ein übler Scherz, den du mit mir treibst, einer mehr, um dich interessant zu machen, um mir das Herz zu brechen. Aber was habe ich dir getan, daß du mich seit fünfundzwanzig Jahren dafür bestrafst, deine Mutter zu sein?

Als ich ihn das erstemal auf Skier stellte, war er sieben,

vielleicht acht Jahre alt. So mager, so zerbrechlich, mit dieser häßlichen Narbe am Hals, die er hatte, seit ein Schlachter von Chirurg ihm die Lymphdrüsen entfernt hatte. Aber unerschrocken, überwältigt vom Schnee, so glücklich, wie man ihn selten erlebte ...

Dieses Jahr war hart gewesen. Ich arbeitete bei der Zeitung: schwierige Arbeitszeiten, mittelmäßige Bezahlung; und dabei mußte ich selbst jemanden bezahlen, der auf meinen Jungen aufpaßte. Ich hatte eine wunderbare Frau gefunden, aber wenn ich abends zurückkehrte, warf er sich in meine Arme, als ob er den ganzen Tag verlassen auf der Straße gestanden hätte.

Tatsächlich war ich verlassen worden. Mit einem Kind im Bauch. Im Juli 1940. Im Vergleich zum Zusammenbruch, zum Waffenstillstand, zum entsetzlichen Zustand des Landes war das Ereignis unbedeutend. Aber wie Henri Michaux sagt: »Wer eine Nadel im Auge hat, interessiert sich nicht für die Zukunft der britischen Marine.«

Ich hatte einen Pfahl im Auge. Finstere Tage unter stechender Sonne. Übrigens litt ich auch wegen Frankreich. Ich litt überhaupt.

Ich litt unter meinem Körper, in dem ein fremder Körper heranwuchs, der mir Angst einjagte. Ich litt in meinem Kopf, indem ich meine Leichtfertigkeit verfluchte, meine Überzeugung, unverwundbar zu sein. Ich litt an meinem Stolz. Ich war also eine ledige Mutter, wie man damals sagte. Man würde mit Fingern auf mich zeigen ...

Viel zu jung, um besonders unter diesen Umständen den Wunsch nach einem Kind zu haben – ich war ja selbst ein Kind –, beschäftigte mich nur ein Gedanke: es loszuwerden. Aber der moralische Bann war schon in Kraft, alle Wege zur Abtreibung waren abgeschnitten. Anstatt Trost zu bekommen, mußte ich mir die Predigt eines bekannten Arztes in Clermont anhören, als ich ihn unverheiratet und mittellos anflehte, mir zu helfen . . . Seinem Reden nach war mein Vergehen für alles Unglück verantwortlich, das Frankreich ereilte.

Ich habe dann alles probiert, die übelsten Tricks der Hebammen – die Stricknadeln, das Seifenwasser, alles andere – umsonst. Und als dieser arme kleine, blaugefärbte Kopf zwischen meinen Beinen erschien, habe ich ihn gehaßt, schlicht gehaßt.

Gott beschütze die Kinder, deren Mütter bei ihrer Geburt geweint haben. Sie wissen es und sind lebenslänglich gezeichnet. Alain wußte es instinktiv und hat mir diese anfängliche Ablehnung nie verziehen. Wir verbrachten anschließend fünfundzwanzig Jahre damit, uns gegenseitig zu martern. Zuerst liebte ich ihn gar nicht. Dann liebte ich ihn zuviel, schützte ihn zu sehr. Alles war falsch. Ich war eine schlechte Mutter.

Dennoch hatte sich in den letzten Monaten etwas zwischen uns entspannt. Er schloß sein Medizinstudium ab, eine Psychoanalyse hatte ihn ein wenig befreit, wir hatten sogar Riesenspaß miteinander, er nahm mich wie ein junges Mädchen mit zum Bebop-Tanz, und ich war stolz auf meinen schönen Kavalier . . .

Und dann kam dieser verdammte Tag.

»Die Suche wurde eingestellt. Es ist vorbei. Sie werden ihn nicht wiedersehen, Madame.«

Ich wollte es nicht glauben. Zwei Monate lang klammerte ich mich an eine wahnwitzige Hoffnung. Zwei Monate! Dann, mit Frühlingsbeginn, gab der Schnee seinen unversehrten Körper frei. Eine Lawine mußte ihn erstickt haben.

Das eigene Kind zu beerdigen ist eine unmenschliche Erfahrung. Es sind die Kinder, die einem die Augen zudrücken sollten. Von allen Schicksalsschlägen, an denen mein Leben wirklich nicht arm war, habe ich diesen am schwersten überwunden, weil ich meine Schuldgefühle wieder und wieder bewältigen mußte.

Man fühlt sich wie verbrannt, erträgt keinerlei Kontakt. Diejenigen, die versuchen, einem ihr Beileid auszudrükken – widerwärtig, sie haben keine Ahnung, wovon sie sprechen. Diejenigen, die gute Laune vortäuschen, um einen anzustecken, wie sie sagen – unanständig.

Es ist in jeder Hinsicht entsetzlich und tut weh.

Ich denke an A. zurück, der verzweifelt war, mich als Schmerzbündel zu sehen, von dem man nicht wußte, von welcher Seite man es anpacken sollte, der mir still die Hand streichelte, um mir zu sagen: »Ich bin da und liebe dich . . .«

Aber ich zog meine Hand zurück.

Die Arbeit rettete mich. Die Verpflichtung, jeden Tag zur Zeitung zu gehen und dort Fassung zu bewahren. Sich zusammennehmen, sich immer zusammennehmen. Was man mir von Kindheit an beigebracht hatte, daraus habe ich die Kraft zum Überleben geschöpft, aber welch eine Anstrengung, wenn man am liebsten heulen möchte . . .

Und dann hat sich die Verletzung langsam gelegt. Es gibt keine, so tief sie auch gehen mag, die nicht irgendwann nachläßt. Aber was nach dem Tod eines Kindes nie wiederkehrt, ist eine gewisse Sorglosigkeit; man vergißt nicht und will nicht vergessen. Der Lebenswille ist stärker, der Schmerz, der zurückbleibt, ähnelt einem gezähmten Tier mit gestutzten Klauen, aber noch heute habe ich Mühe, »mein Sohn« zu sagen, ohne daß sich mir die Kehle zusammenzieht.

Man versteht die Relativität der Dinge. Als mir eines Tages in einem Hotel in Los Angeles ein Täschchen mit Schmuck gestohlen wurde, sagte A.: »Wie blöd. Bist du traurig?«

Ich antwortete: »Nein. Fast gar nicht. Es ärgert mich.

Aber eine Frau, die ihren Sohn verloren hat, weint nicht mehr über Schmuck.«

Dieses Gefühl der Relativität habe ich an KZ-Häftlingen bei ihrer Rückkehr beobachtet.

Mein Schwager Jean war aus Neuengamme mit einem ausgestochenen Auge und zerschlagenen Zähnen gekommen; meine Schwester war mit knapp vierzig Kilo aus Flossenburg zurückgekehrt. Wir aßen bei ihnen. Man servierte Kaffee. Er schmeckte schlecht und war lauwarm. Jean bekam plötzlich einen Wutanfall, ich fürchtete, daß er der Hausgehilfin, einer alten, verstörten Frau, arg zusetzen würde. Doch mit einem Schlag verflog sein Zorn, er entschuldigte sich tausendmal und murmelte: »Was zählt schon ein Kaffee . . .«

Was die größeren oder kleineren Schicksalsschläge anlangt, kann wohl jeder von uns manchmal sagen: Was zählt schon ein Kaffee? Das ist keine moralische Vorschrift. Eher eine Frage des geistigen Gleichgewichts: die Dinge an ihren Platz verweisen; aus Ärgernissen kein Unglück machen.

Ich weiß nicht, welcher Philosoph die Geschichte erzählt, die ich oft zitiere, die Geschichte vom Chinesen, der eines Morgens zu seinem Arzt sagt: »Ich bin krank. Ich interessiere mich nicht mehr für meine Geschäfte, ich betrachte meinen Garten nicht mehr, es kommt sogar vor, daß mir meine Kinder gleichgültig sind. Doktor, ich bin krank.«

Der Doktor stellt sich gegen das Licht vors Fenster und sagt: »Überhaupt nicht, ich sehe genau die sieben Löcher in Ihrem Herzen. Sie sind durchgebrochen. Das siebte schon zur Hälfte. Sie müssen nur noch die Idee aufgeben, krank zu sein.«

Sieben Löcher sind also allgemeingültig. Ich weiß nicht, bei welcher Zahl ich angekommen bin, aber wenn ich an die Löcher in meiner Brust denke, die ich wie jeder Mensch nun einmal habe, bin ich sicher, daß der Tod meines Jungen eines der großen darstellt.

Doch jetzt soll es mit dieser krankhaften Beschwörung genug sein! Ich will lieber vom Glück zu leben sprechen.

Mittlerweile bin ich alt. Wenn ich zurückschaue, sehe ich eine lange Straße, die mehr als ein halbes Jahrhundert lang an wilden Ereignissen entlangführte, in die ich mehr oder weniger verwickelt war. Die mich jedenfalls geformt oder – wenn man so will – verformt haben. Der spanische Bürgerkrieg, der Krieg überhaupt, der Algerienkrieg, von den weniger schlimmen Ereignissen ohnedies zu schweigen.

Meinen Lebensweg zurückzuverfolgen hat keinen narzißtischen Hintergrund. So bedeutend fühle ich mich nicht. Es entspringt eher einer Art rückblickender Neugier. Wie war das, als Frankreich eine starke Nation war und es kein Fernsehen gab, als die Mädchen als Jungfrauen in die Ehe gingen und die Politiker Schmerbäuche hatten, als Gide der große Denker war und Malraux der Abenteurer; wie war das, als man sich vor dem Kommunismus fürchtete anstatt vor Hitler, als man nicht ohne Hut das Haus verließ und sonntags zur Messe ging, ja, wie war das? Und wie hat sich das junge Mädchen, das ich Anfang der dreißiger Jahre war, durchgeschlagen, um schließlich in die Haut einer alten, angesehenen Dame zu schlüpfen, die von Zeit zu Zeit ihre Wunden leckt, aber auch das nicht mehr als irgendwer?

Das ist es, was ich erzählen möchte, und dabei werde ich versuchen, so nah wie möglich an der Wahrheit zu bleiben.

Dann wird sich klären, was ich aus einer Reihe von Möglichkeiten gemacht habe, ohne die ich heute womöglich Rentnerin der Post- und Fernmeldegesellschaft wäre.

Meine Freundin Alix von Saint-André, die das Leben der Engel studiert wie andere Menschen das der Ameisen, eine unendliche Wissenschaft, versichert mir, daß das, was ich Glück nenne, ein anderer Name für Schutzengel ist. Mag sein. Obwohl ich, falls das zutrifft, ihm einige Zerstreutheit vorwerfen könnte. Aber gut, niemand ist vollkommen, nicht einmal die Engel.

In meiner Unwissenheit über engelhaftes Sein habe ich meinen Schutzengel Arthur getauft. Die Leute sagen, das sei ein häßlicher Name, aber mir gefällt er. Ich hoffe, daß er ihm nicht mißfällt.

Ihm verdanke ich also das Glück, Französin zu sein . . .

Ich bin die zweite Tochter eines politischen Flüchtlings, der 1915 nach Frankreich kam, nachdem er in seiner Heimat, der Türkei, zum Tod verurteilt worden war und flüchten mußte. Sein Verbrechen: Er hatte die osmanische Telegrafengesellschaft gegründet und verweigerte in der Funktion des Direktors die Zusammenarbeit mit den Deutschen, als die Türkei als deren Verbündeter in den Krieg eintrat. Frankreich war seine zweite Heimat, er hatte in Paris studiert, sprach mehrere Sprachen, aber seine Bildung und Sozialisation war durch und durch französisch. Er hatte gerade noch Zeit zu flüchten, aber all seine Besitztümer waren auf immer verloren.

Zwei andere Männer aus der Familie waren bereits zur Fremdenlegion gegangen. Als mein Vater über die Schweiz, wo ich geboren wurde, nach Paris kam, wollte er ihrem Beispiel folgen, doch seine Gesundheit war bereits angegriffen. Der Außenminiser hatte dennoch Verwendung für einen Mann seiner Fähigkeiten und Kenntnisse, und so wurde er mit mehreren Aufgaben betraut, über die ich, um ehrlich zu sein, nicht viel weiß, außer daß ihn eine Reise 1917 in die USA führte. Vielleicht hat er für den Geheimdienst gearbeitet.

Frankreich ... Man kann sich heute nicht mehr vorstellen, was dieser Name für einen Ausländer bedeutete, welche Verpflichtung zu Liebe, Ehrfurcht, Dankbarkeit. Das habe ich zutiefst aus meiner Kindheit mitgebracht, und das läßt mich noch heute jede Sekunde Glück darüber empfinden, in Frankreich zu leben.

Ich liebe dieses Land auf sinnliche Weise; ich liebe seine Hügel und Flüsse, seine roten, ockerfarbenen oder schwarzen Felder, seine hellen Steine; ich liebe die Klugheit seiner Einwohner, verglichen mit denen anderer Gegenden; ich liebe ihre Lebenslust, die sie für so vieles empfänglich sein läßt. Das Frankreich meiner Kindheit ist untergegangen, aber so wie es ist, verdorben, beschädigt, »cocacolisiert«, unaufhörlich nach Reformen suchend, ohne sie wirklich zu wollen, sich rückwärts der Zukunft nähernd, eben so wie es ist, bin ich ihm wie eine Mutter verbunden.

Meine Freunde machen sich oft über diese eigentümliche Haltung lustig, zumal sie, als wahre Franzosen, ihrer Heimat eher mit Spott, zumindest mit Lästerei begegnen. Ich leide auch manchmal an Frankreich ... Aber nichts wird mich von der Überzeugung abbringen, daß das Glück zu leben nur in Frankreich liegt, selbst wenn dort nicht alle meine Empfindung teilen.

Es gibt zwei Arten, sein Leben zu verpfuschen. Die eine: nicht zu wissen, was man will. Die andere: seine Wünsche nicht umsetzen zu können.

Zu wissen, was man will, ist keine leichte Angelegenheit. Mit zwanzig wissen das nur wenige. Man ist noch jung und trotzdem schon dazu verdonnert, zwischen Philosophie und den Naturwissenschaften zu wählen, während man Tanz und Gleitflug im Kopf hat.

Wie viele junge Menschen sind – auf eine wahre Berufung – zwischen vagen Wünschen, unklaren Ambitionen, widersprüchlichen oder unerfüllbaren Begierden hin- und hergerissen.

Hart, hart, die Jugendzeit. Und kurz. Kaum hat man dreißig Jahre hinter sich, beginnt das Bedauern. Ich hätte müssen. Ich hätte können. Vielleicht könnte ich noch? Und man beginnt mit vierzig, dem Herzinfarkt nah, Tennis zu spielen.

Den Ehrgeiz im richtigen Ausmaß zu entwickeln ist auch nicht leicht. Man muß immer Großes vor Augen haben. Aber nichts Größeres als man selbst leisten kann. Das ist alles. Sonst besteht das Leben nur aus Leiden, das man mit zusammengebissenen Zähnen erträgt.

Diese Überlegungen sollen zeigen, daß ich schon in der Wiege lernte, was ich wollte. Ein Riesenglück. Ich wollte so fähig sein wie ein Junge. Ich habe an anderer Stelle erzählt, wie mein Vater diese merkwürdige Neigung auslöste, indem er bei meiner Geburt rief: »Welch ein Elend, es ist ein Mädchen!« Alle stimmten mit ihm überein. Selbst meine Amme nannte mich François. Ich bekam dadurch eine Neurose, die mich vierzig Jahre später beinahe umbrachte, aber bis dahin war es ein ausgezeichneter Antrieb.

Wäre ich ohne ihn ein romantisches, verweichlichtes, verträumtes junges Mädchen geworden? Wer weiß. Auf jeden Fall wäre ich anders und sicher nicht dieses kunterbunte Produkt.

Innerlich, meine ich. Mein Äußeres ist in Ordnung, war es jedenfalls, bis die Jahre es verwüsteten. Ich mache daraus keine große Affäre; ich verstehe einfach jene Ko-

kotte im vorigen Jahrhundert, die, als sie alterte, all ihre Spiegel verhängte. Aber so wenig man sich gefallen mag, man muß mit sich selbst im Einklang leben.

Das Innere ist etwas anderes. Unverbrüchliche Versatzstücke aus der Jugend bleiben, und die lassen mich zu Versammlungen gehen, während mich gleichzeitig Zweifel erfassen, ob das sinnvoll sei, und mir einflüstern wollen, ich solle doch mein Interesse aufgeben. Wofür? Für alles. Sich nur für die Seinen und sich selbst interessieren, sich von Gefahren jeglicher Art fernhalten, weit weg vom öffentlichen Aufruhr, ein für allemal dem Wunsch entsagen, die Weltordnung ändern zu wollen, eher daran denken, sich selbst zu ändern, o Weisheit . . .

Ach, man hat mich das in dem Alter, in dem die Gewohnheiten geformt werden, nicht gelehrt. Im Gegenteil. Das Leben hat aus mir eine wilde Kämpferin gemacht, selbst wenn mir heute manchmal der Atem ausgeht.

Ich möchte, wie die Kinder, sagen: »Entschuldigung, ich habe es nicht absichtlich getan . . .«

Es hat Jahre gedauert, bis ich von Zeit zu Zeit die Waffen streckte, bis ich mich den schönen Dingen überließ, bis mir ein Tag, an dem ich nicht arbeitete, nicht verloren erschien.

Den Druck, den ich auf alle, die mir nah waren, dadurch übertragen hatte, bedauere ich heute. Es war nicht leicht, mit mir zu leben. Aber aufgrund des Anspruchs, bloß ja soviel wert zu sein wie ein Junge, durfte ich kein Quentchen Energie vergeuden. Wenn die Umstände mich nicht kurz vor dem vierzigsten Lebensjahr zu einem Psychoanalytiker geführt hätten, zu Jacques Lacan, stünde ich noch immer am selben Punkt, aber mit wesentlich weniger Kraft. Er hat mich gelehrt zu atmen, Vergnügungen zu erkunden, ohne mich zwangsläufig für schuldig zu halten, mich mit meinen Wünschen auszusöhnen. Auch über mich zu lachen.

A. hat den Rest erledigt, indem er mich in die Dinge des Lebens eingeführt hat, für die er einen so feinen Sinn besaß, indem er mir beibrachte, ohne Gewissensbisse eine Ausstellung, ein Konzert, einen schönen Tag auf dem Land, einen Morgen in der Sonne zu genießen.

Aber bis zu meinem vierzigsten Lebensjahr habe ich mir diese Dinge versagt. Ich kannte nichts als meine Pflichten.

Ich sehe ein, daß mich das für die anderen zumindest ermüdend machte. Das Schicksal wollte es, daß der Mann, mit dem ich die zehn intensivsten Jahre meines Daseins verbrachte, für die Kunst, glücklich zu leben, genauso unbegabt war wie ich. Neben ihm war ich ein Genußmensch! Jeder von uns lebte seine eigene Neurose aus, aber gemeinsam waren wir eine unschlagbare Arbeitsmacht.

Schon zu Zeiten, als ich die Redaktion von *Elle* leitete, zwang ich mich aus finanziellen Gründen, einen Artikel pro Woche für *Carrefour* und ein Porträt für *France-Dimanche* zu verfassen.

Es war tödlich. Aber was soll's. Ich tötete mich gerne.

Ich liebte diese langen Sonntage, an denen ich mich in meinem Büro vergrub und durch meine Mutter vom Telefon, von Belästigungen, von Kindern – »Mama darf nicht gestört werden, solange sie arbeitet!« – abgeschirmt wurde. Ich war der Pelikan, der seine Jungen ernährt. All das paßte hervorragend in den Rahmen meiner speziellen Verrücktheit.

Meine Mutter hatte verstanden, daß man nicht versuchen durfte, mich abzulenken. Sie sorgte für Ruhe rings um mich.

Meine Mutter war eine außergewöhnliche Persönlichkeit. Sicher durch ihre Güte, die bestach, aber vor allem durch die Urtümlichkeit ihres Geistes. Konformismus war ihr auf jeglichem Gebiet fremd. Sie selbst sagte, das sei ein Erbe ihres Vaters, eines großen Arztes. Dabei legte sie es nicht auf Provokationen an. Sie folgte einfach ihren Intuitionen, ihren Eingebungen, der Stimme ihres Herzens und hatte den Regeln gegenüber, die für den Großteil der Leute das soziale Leben bestimmen, keinerlei Respekt.

Selbst ihre Art zu kochen war von Phantasie geprägt, von ihrer Schneiderkunst ganz zu schweigen ... Mit Hilfe einer jungen Fabrikarbeiterin nähte sie uns Kleider, die mich als kleines Mädchen entsetzten. Gewagt im Schnitt und den Farben. Kinder sind Konformisten, das weiß man. Erst später bewunderte ich ihre Kreativität und Fingerfertigkeit, die sie nie richtig nutzen konnte.

In den menschlichen Beziehungen verfuhr sie genauso frei, immer bereit, jemandem Glauben zu schenken, auf ihn zu vertrauen; so konnte sie an einem Winterabend einen Landstreicher zum Essen mit nach Hause nehmen, und genauso half sie der kleinen Magd in der vierten Etage, zur Erbitterung der Hausmeisterin, ganz allein in ihrer Kammer zu entbinden. Sie war die einzige Person, die ich kannte, die »ihre Nächsten« wirklich liebte. Manchmal wurde sie dafür mit Undank belohnt. Na und! Sie verzieh.

Da sie die anderen liebte, zog sie sich ihr Vertrauen zu. In ihren letzten Lebensjahren fanden bei ihr wahre Aufmärsche statt, als sei sie ein Ofen, an dem man sich erwärmen konnte. Durch ihre beachtliche psychologische Einfühlungskraft wußte sie, wann sie den einen ausschelten, den anderen trösten, den dritten mit sich selbst konfrontieren mußte. Sie war erfrischend.

Sie wußte aus angeborener Kenntnis, ohne es je gelernt

zu haben, daß die menschlichen Beweggründe irrational sind, daß man sich bemühen muß, sie zu klären, anstatt sich von ihnen betrügen zu lassen, und daß man aus dieser Übung große Befriedigung zieht.

Das ist eine Lektion, die ich reichlich hart lernen mußte. Ich wollte manchmal betrogen werden, von mir selbst inklusive. Zu verstehen ist eine Macht, aber oft eine Schwäche. Mir passiert es, daß ich meine Gegner oder Feinde wie ein Uhrwerk betrachte; aber man kann einer Uhr nicht vorwerfen, daß ihre Zahnrädchen falsch montiert wurden.

Diese Gleichgültigkeit habe ich zum erstenmal vor sehr langer Zeit bewiesen, an dem Tag, als eine Mitschülerin am Gymnasium, ein Mädchen names Albertine, mir einen Stein ins Gesicht warf. Dabei wurde mir ein Zahn ausgeschlagen. Die Lehrerin war sehr ungehalten und kündigte an, daß sie die unausstehliche Albertine hart bestrafen werde, deren Benehmen ihr im übrigen fortwährend unverständlich sei. Und ich sagte: »Aber Madame, das ist so, weil sie rothaarig ist.« Das Motiv erschien mir einleuchtend. Und schließlich war es nicht Albertines Schuld, daß sie rothaarig war. Und wenn es nicht ihre Schuld war, machte ich mir aus der Strafe, der Rache, ehrlich nichts . . .

Das Funktionieren der anderen zu verstehen kann einem intellektuelle, ja ich würde beinahe sagen, ästhetische Befriedigung gewähren. Es kann einem aber auch die Aggression rauben, die zum Überleben manchmal notwendig ist.

Da sie alles verstand, verzieh meine Mutter vieles. Aber sie konnte ganz schön hart sein. Am Ende ihres Lebens wohnten wir zusammen. Keine meiner Freundinnen besuchte mich je, ohne in das Zimmer, in dem sie sich aufhielt, zu gehen und längere Zeit mit ihr zu plaudern.

Meine Mutter beurteilte sie: Diese tat schlecht daran, dikker zu werden, jene hatte in der Nationalversammlung eine schlechte Rede gehalten, die nächste ein mittelmäßiges Buch geschrieben – aber all das sagte sie in einer solchen Weise, begleitet von einem solchen Lächeln, einem so offenkundigen Interesse, daß es akzeptiert, sogar erwartet wurde. Sie gehörte zu jenen seltenen Menschen, die immer Öl ins Feuer gießen.

An öffentlichen Angelegenheiten nahm sie leidenschaftlichen Anteil. Sie hatte als junge Frau neben einem Ehemann und einem Bruder gelebt, die beide politikversessen waren, und davon hatte sie sich etwas bewahrt. 1936 war sie zum Entsetzen ihrer Familie für die Volksfront. 1958 jagte sie meinen Freunden kalte Schauer über den Rücken, weil sie sich als Gaullistin bekannte, aber es war ihr gleichgültig. Sie wurde nie Opfer irgendeiner Konvention.

Ich war noch sehr klein, als sie mir zu Weihnachten den Füllfederhalter, den ich geschenkt bekommen hatte – das war damals ein wertvolles Geschenk –, wieder wegnahm, um ihn dem Sohn der Hausmeisterin zu geben, der nichts bekommen hatte. Sie meinte, ich sei verwöhnt worden und müßte lernen zu teilen.

Meine Mutter war unmöglich. Immer bereit zu geben. Womit sie mir ein lebenslängliches Schuldbewußtsein für alles bescherte, das ich besaß und nicht teilte. Im Laufe des Älterwerdens erholte ich mich ein wenig davon. Aber was war das für ein langer Weg dahin!

Dabei waren wir arm. Sehr arm. Also bei jeder passenden Gelegenheit erniedrigt. Ich erinnere mich an eine reiche Verwandte, die uns einmal Kleider bringen ließ, die sie nicht mehr tragen wollte. Douce, meine Schwester, die ein freundlicheres Naturell hatte als ich, versuchte, einen tragbaren Fetzen herauszusuchen. Ich nahm eine Schere und zerschnitt alles. Ich war ein kleines Biest. Aber noch heute kann ich das Gefühl jener Revolte nachempfinden. Sie gehört zu den Grundlagen, die mich geformt haben.

Diese Verwandte, eine Tante meiner Mutter, hatte allerdings, das muß man sagen, besonderes Talent dafür, sich unbeliebt zu machen.

Ich war dreizehn, als sich die Frage stellte, ob ich weiterhin Klavierunterricht nehmen könnte. Meine Mutter, eine junge, ratlose Witwe, konnte sie nicht mehr bezahlen. Die Geldquellen, die mehr in ihrer Phantasie existierten, waren sowohl karg als auch unsicher, sie reichten gerade zum Überleben. Douce hatte sich eben für schändliche dreihundert Francs monatlich in einem großen Kaufhaus verdingt. Es wurde also ein Familienrat einberufen, um über mein weiteres Schicksal zu entscheiden.

Die Geschichte spielte sich in einer halbmondförmigen Wohnung im feinen Monceau-Viertel vor meiner Tante und ihrem Gatten, einem dicken, trübseligen Mann, ab. Es ging darum, meinem Spiel zuzuhören, um dann zu entscheiden, ob meine musikalischen Fortschritte weitere finanzielle Förderung verdienten. Ich nahm auf einem verstimmten Stutzflügel, über den ein spanischer Schal gebreitet war – was damals zu den unverzichtbaren Schmuckstücken eines bürgerlichen Salons gehörte – tapfer eine Etüde von Chopin in Angriff. Ich weiß genau, daß ich an diesem Tag gut spielte.

Die Tante, die sich rühmte, musikalisch zu sein, seufzte: »Nicht schlecht . . . Aber letztlich wird ihr das keinen Beruf eintragen.«

»Es geht doch nicht um einen Beruf«, wandte meine Mutter ein. »Es handelt sich um Kunst. Sie hat außerordentliche Fähigkeiten, das bestätigt ihr Lehrer.«

»Kunst! Immer solcher Größenwahn! Deine Töchter sollen jetzt also Kunst machen!«

»Und warum nicht?«

»Weil du besser daran tätest, ihnen Bescheidenheit beizubringen«, sagte die Tante wütend. »Léon, was denkst du darüber?«

Léon, der für Chopin unempfänglich war, dachte gar nichts. Er brummte nur, daß man das Geld nicht aus dem Fenster werfen sollte.

Meine Mutter debattierte so heftig wie die kleine Ziege des Herrn Seguin. Schlußendlich wurde sie gefressen. Die Tante weigerte sich, Klavierstunden zu bezahlen, die mich nur eingebildet machten und mich sicher keinen passenden Mann finden ließen.

Wir verabschiedeten uns sehr steif. Es regnete. Meine Mutter hielt ein Taxi an.

Ich rief: »Nein, Mama, kein Taxi, das ist unvernünftig! – So tief wie wir gesunken sind . . .«

So habe ich also aufgehört, Klavierunterricht zu nehmen. Ich habe dann jahrelang nur noch dann gespielt, wenn ich zufällig ein Instrument vorfand.

Und dann habe ich während der Dreharbeiten zu *La Grande Illusion* am Klimperkasten einer Kneipe Freundschaft mit Jacques Becker geschlossen. Er war Assistent, ich Scriptgirl. In einem Wirtshaussaal setzte er sich ans Klavier und begann, *The man I love* zu spielen . . . Ich setzte mich neben ihn und stimmte ein. Wir spielten vierhändig weiter. Wir erkannten uns an jenem Tag als das, was wir waren: grausam beraubte Bürgerkinder, die beide den Jazz anbeteten.

Vor kurzem hatte ich die Anwandlung, ein Klavier zu kaufen, um wieder zu spielen, als ob ich den Geist der toten Tante herausfordern wollte. Meine arthritischen Finger ließen mich hängen. Ich werde dieses verlorene Paradies nie mehr zurückerobern.

Ich wurde als Kind von meiner Mutter und meiner älteren Schwester Douce so sehr geliebt, daß ich noch immer davon zehre: Ich glaube, daß die Frauen mich lieben und daß ich sie liebe. Das ist sehr bequem, sehr angenehm. Ich bin von einer Gruppe wunderbarer junger Frauen umgeben, deren sorgsame Freundschaft mir das Herz wärmt und mir wie ein Privileg erscheint, das mich manchmal in Erstaunen versetzt.

Ich habe auf den Mut der Frauen immer vertraut, ihr Urteil immer ernst genommen. Ich habe miterlebt, wie sie ihre Seilschaften zu knüpfen begannen, und ich bin stolz auf das Wenige, was ich dazu beigetragen habe.

Der Feminismus hatte bei uns zu Hause keine Chance. Erstens war er damals noch überhaupt nicht in Mode. Und überdies klagte Mama mehr als einmal: »Ach, wenn wir bloß einen Mann hätten, der uns hilft!«

Aber es gab definitiv keinen Mann. Dieser hypothetische Helfer tauchte nie auf. Ich kannte als Kind weder einen starken noch einen schwachen Mann, ich habe keine – wenigstens dem Namen nach – väterliche Figur kennengelernt, noch einen unrasierten Kerl, der im zerknitterten Pyjama nach seinem Frühstück verlangt. Ein Mann war für mich ein exotisches Tier, das zwar die Anziehungskraft besaß, die ihnen eigen ist, deren Merkmal aber darin besteht, abwesend zu sein, wenn man sie braucht.

Der Mann in der Familie war ich. Ob es sich um Entscheidungen und Verantwortlichkeiten handelte oder um die Reparatur von Steckdosen: Der Mann war ich. Ich war der lebende Beweis dafür, daß in den entscheidenden Dingen ein Mädchen genausoviel wert ist wie ein Junge.

Als mein Vater im Alter von dreiundvierzig Jahren an Tuberkulose starb, hatte ich ihn seit drei Jahren nicht mehr gesehen. Meine Mutter hoffte, uns auf diese Art vor den schrecklichen Bazillen zu schützen, die damals solche

Verwüstungen anrichteten. Ich war acht Jahre alt. Der Vater, der verschwand, war ein Phantom. Der Vater, der uns zurückließ, wie Mutter zu sagen pflegte.

»Er hat uns allein gelassen, meine armen Kinder, allein.«

Aber sie machte sich daran, ihm ein sehr starkes Bildnis zu schaffen, das eines Mannes voll Mut und Kühnheit, voller Begabung auf allen Gebieten, das eines erstklassigen Journalisten. Ob sie übertrieb? Ich weiß es nicht. Jedenfalls brachte sie mich dazu, diesem Bildnis vollständig entsprechen zu wollen. Ich fing an, seine Schrift nachzuahmen, mich gefährlichen physikalischen Übungen auszusetzen, von einer Felsküste hinunterzuspringen, auf einer Wiese in der Bretagne einen Stier herauszufordern, was ich beinahe mit dem Leben bezahlt hätte – bis ich einen schweren Unfall hatte, was meinen Experimenten ein vorläufiges Ende setzte.

Meine Mutter vermittelte mir allmählich, daß Mut etwas komplizierter funktionierte. Zwischen dem Fehlen eines Mannes in meinem familiären Universum und jenem phantasierten Vater wurde ich zu einem merkwürdigen Mädchen.

Zweifellos hat das meine Beziehung zu Männern bestimmt. Ich liebte sie sehr, diese Wesen mit großen Füßen und kleinen Schwächen. Dennoch habe ich nie von ihnen erwartet, daß sie mich schützen sollten, nur daß sie mir, wenn sie es wollten, ihre Zärtlichkeit schenkten. Ich wußte immer, daß sie zerbrechlich waren und ich Stärke besaß. Ich mußte nie gegen ihre Dominanz kämpfen: Sie hat mich nie erdrückt. Ebensowenig mußte ich meine Unabhängigkeit bewahren: Sie haben sie nie bedroht.

Hat mich das für die, die mich liebten, angenehm oder lästig gemacht? Ich habe keine Ahnung, aber sie haben sich daran gewöhnt.

Ich habe im zarten Alter nie eine bestimmte weibliche Hinterlistigkeit kennengelernt, eine bestimmte Kunst, nur das, was man will, durch Tricks zu erlangen. Meine arme Mutter hätte mir vielleicht ein Beispiel dafür sein können, aber sie hatte keinen Partner für dieses Spiel – übrigens auch für kein anderes.

Wie die meisten Frauen ihrer Generation hatte sie Ehrfurcht vor den Männern, vor ihrem Wissen, ihrer Autorität, ihrer Macht, aber da es sich um abstrakte Männer – *die* Männer – handelte, konnte sie mir das nicht vermitteln. Und wenn ich sie eingeschüchtert vor Onkel Léon stehen sah, verstand ich nicht, was an dieser fetten, kahlköpfigen Person sie zur Verbeugung brachte.

Mit fünfzehn Jahren dachte ich – ich denke es immer noch –, daß die Männer sich genauso um ihr gutes Aussehen kümmern sollten wie die Frauen und daß jeder selbst daran schuld hat, wenn er zu dick ist. Die Fetten waren damals viel zahlreicher als heute. Die Männer haben, was die Pflege ihrer selbst anlangt, Fortschritte gemacht.

Wie alle jungen Mädchen dachte ich, daß es eines Tages einen Mann in meinem Leben geben würde, weil das nun mal geschieht, und daß er Gary Cooper ähneln würde, aber ich dachte nie, daß ein Märchenprinz mich auf seinem Schimmel weit weg von den alltäglichen Lästigkeiten des Lebens bringen würde.

Das ersparte mir Illusionen, als die Ersatzprinzen in ihren Sportcabrios auftauchten.

Zur Welt meiner Kindheit gehörte auch eine Großmutter. Groß, schlank, schön, ein wenig hochmütig. Sie hätte niemals zugegeben, daß sich die Situation ihrer Tochter verändert hatte und daß man folglich die Lebensweise neu überdenken mußte. Sie war Urheberin einer findigen Methode, um Dienstboten zu erziehen: Die Rückseite ihrer Leintücher waren mit einem kleinen roten Kreuz verziert; und wenn das Bett gemacht war, aber das Kreuz des oberen und des unteren Leintuchs nicht exakt übereinanderlagen, mußte das Bett erneut gemacht werden.

Zwar hatten wir keinerlei Dienstboten, aber solche Ansprüche blieben unangetastet.

Sie ernährte sich von Lammkoteletts und verbrachte ihre Nachmittage mit Bridge, einem Spiel, in das ich dank ihrer Sorge eingeführt wurde. Kinder lernen schnell; ich wurde eine gute Spielerin. Wenn sie eine vierte Mitspielerin brauchte, wurde ich gerufen. Wenn ihre Runde vollzählig war, wurde ich weggeschickt. Ich glaube, ich haßte sie. Eines Tages weigerte ich mich, als Stellvertreterin aufzutreten, und habe zu ihrer Verblüffung hocherhobenen Haupts das Zimmer verlassen. Sie hat es nicht erreicht, daß ich wegen dieser Frechheit bestraft wurde. Aber sie hat mir Bridge für mein ganzes Leben verdorben.

Ein anderes zeitweiliges Familienmitglied war ein Onkel, ein Arzt, der einige Zeit bei uns verbrachte, bevor er sich nach Marokko begab. Als er ankam, hatte ich einen Hund; er erklärte, daß die Anwesenheit eines Hundes für die Gesundheit von Kindern schädlich sei, und husch! gab er den Hund weg. Ich erinnere mich noch an den Namen dieses Tiers: Batik. Das war ein großer Kummer in meinem Leben.

Das alles macht aus der Kindheit natürlich kein Märtyrerdasein. Aber es verhärtet doch das Herz.

Ich machte auch zweimal Bekanntschaft mit den Genüssen des Internatlebens. Beim erstenmal war ich acht oder neun, das war im Lycée Molière in Paris. Die Direktorin war eine nette Frau, die Leintücher schmutzig, das Essen ekelhaft, aber Douce wärmte mich, und die Mädchen waren lieb; überdies gab es im Hof zwei Reckstangen, und ich liebte es, daran zu trainieren. Davon sind mir wahre Seemannsmuskeln geblieben.

Die zweite Erfahrung war eine andere Geschichte. Erstmal war ich allein. Douce arbeitete schon. Außerdem hatte ich zu Hause kein Zimmer mehr. Meine Mutter hatte zwei Räume an Fremde vermietet, woraus sie die sicherste ihrer Einnahmen bezog. Ich fühlte mich verstoßen. Schließlich und vor allem war es ein komisches Internat, eher ein Luxusheim, das vornehmlich junge Amerikanerinnen aufnahm, um ihnen gutes Benehmen, Kunstgeschichte und perfektes Französisch beizubringen. Eine einzige Klasse für eine Handvoll Französinnen bereitete sich auf das Abitur vor.

Was sollte ich dort? Ich verkörperte den lebenden Beweis für die Mildtätigkeit der Direktorin. Sie hatte mich Mutter zuliebe, die sie in besseren Zeiten gekannt hatte, für die halbe Gebühr aufgenommen. Als Ausgleich mußte ich immer die Beste in meiner Klasse sein, um die ausgezeichnete Qualität des Unterrichts, der in ihrer Einrichtung erteilt wurde, zu beweisen.

Ich tat, was ich konnte, und wurde von leidlich guten Lehrerinnen unterstützt, die in mir das arme Kind witterten. Sie und ich saßen im selben Boot.

Aber ach, die anderen Schülerinnen hatten dasselbe gewittert. Die Hausordnung verlangte, daß man sich zum Abendessen umziehen sollte. Schnell hatten sie herausgefunden, daß ich nur ein einziges Kleid besaß, daß meine Schuhe in schlechtem Zustand waren, daß ich an dem Tag, an dem die Weihnachtsgeschenke verteilt wurden, mit leeren Händen dastand. Ihrem Spott und ihrem Sarkasmus begegnete ich mit zusammengebissenen Zähnen. Was sollte ich tun? Ah, die lieben Kleinen! Sie haben mich alles über eine bestimmte menschliche Bösartigkeit gelehrt. Es blieb mir nichts übrig, als es auszuhalten, auszuhalten . . .

Ich habe an anderer Stelle von der Erniedrigung erzählt, die mir die Direktorin – die man, was überhaupt der Gipfel war, »Kleine Mutter« nennen mußte – zufügte, um das Gesicht einer »Großen« zu retten, wie sie mich erpreßte. An jenem Tag hat sie mich gebrandmarkt. Ich verstand fürs ganze Leben, was ein Kräfteverhältnis ist. Ich war schwach, ohnmächtig, aber ich schwor mir, eines Tages stark zu sein.

In der Zwischenzeit beschwor ich Gott um Hilfe und betete jeden Abend im Bett, er solle mich von diesem Ort erlösen. An wen sonst hätte ich mich wenden sollen?

Ich bekam sogar eine kleine mystische Krise. Eine Internatskollegin, eine Holländerin namens Claire, hatte mich in die protestantische Kirche mitgenommen, wo sie auf die erste Kommunion vorbereitet wurde. Dort wurde ich von etwas ergriffen: der Schlichtheit des Ortes, der Schmucklosigkeit, der strengen Atmosphäre . . . Wenn das eine Kirche war, wollte ich gerne zur Kirche gehen, was ich bis dahin strikt verweigert hatte . . . Der Pastor erlaubte mir, mich dem Unterricht, den er Claire gab, anzuschließen, und ich wurde gebändigt . . . Alles was ich hörte, ging mir mitten ins Herz. Ich schätzte es, daß es keine Beichte gab, keinen Marienkult, kein großes Getue, daß man sich nur dem eigenen Gewissen gegenübersah. Sollte ich je auf Gott gestoßen sein, so hat Er sich mir in dieser protestantischen Kirche gezeigt.

Ich habe mir richtiges Heimweh nach jenen paar Monaten bewahrt, in denen mich religiöse Gefühle beflügelten, aber sie haben sich verflüchtigt und sind niemals wieder erwacht. Meine Mutter, die blind an Gott glaubte, bemühte sich vergeblich, mich dazu anzustacheln. Ich war dazu nicht begabt, das war's: nicht begabt.

Als kleines Kind hatte ich Empörung hervorgerufen, indem ich erklärte, man könne nicht gleichzeitig Jungfrau sein und ein Kind bekommen. Das zeugte zwar von einem wachen Geist, aber meine Mutter bekümmerte es. Seither habe ich zwar gelernt, angesichts der Ungereimtheiten des Katechismus zu schweigen, aber innerlich habe ich kein Quentchen nachgegeben.

In einigen dramatischen Situationen, in denen ich Hilfe not hatte, im Gefängnis, im Krankenhaus, hat mich eine religiöse Anwandlung gestreift: Mein Gott, hilf mir . . . Ich habe sogar ein Gebet gesprochen. Aber das war eine oberflächliche Reaktion. Ich glaube nicht an einen Gott der Liebe. Auch nicht an einen des Zorns. Ich bin ungläubig, ich werde höchstwahrscheinlich ungläubig sterben, und das erfüllt mich weder mit Scham noch mit Stolz.

Man kann sogar sagen, das sei eine Unzulänglichkeit, eine Geistesdimension, die mir fehlt. Ich glaube einfach, daß nach dem Leben nichts mehr kommt. Da läßt sich nichts erzwingen.

Dennoch scheint Gott momentan in Mode zu sein. Der wilde Gott der Fundamentalisten, die in Seinem Namen töten und sich einreden, daß sie im Paradies enden werden, wo Körbe voller Datteln, Ströme von Honig und Frauen im Überfluß sie erwarten. Der schändliche Gott der Sekten. Der ungreifbare Gott der Ungläubigen, die es schlecht ertragen, nicht zu glauben und sich auf die Heilssuche begeben; aber wo soll man Ihn hinstellen, wenn der Glaube fehlt?

In dem Maße, in dem das religiöse Gefühl zuzunehmen scheint, sinkt die religiöse Praxis, die Agnostiker werden immer mehr, und das ist am beunruhigendsten. Als ob es keine hinreichenden Entsprechungen mehr gäbe. Ein christlicher Philosoph, Paul Ricœur, schreibt:

»Wenn die Religionen überleben sollen, müssen sie auf jede andere Art von Macht als der des reinen Worts verzichten. Sie müssen das Mitleid über die doktrinäre Unbeugsamkeit stellen; sie werden vor allem auf dem Grund ihrer Lehre diesen Überschuß am Unsagbaren suchen müssen, dank dessen jeder hoffen kann, die anderen zu erreichen . . .«

Sicher ist, daß die Mehrheit unserer Zeitgenossen in einer unbehaglichen Beziehung zu Gott lebt oder, wenn man will, zur Transzendenz, zu dem, was sich der Erfahrung und dem Denken des Menschen entzieht. Philosophen (Luc Ferry), Schriftsteller (Jean Daniel) haben sich bemüht, ihnen zwar keine Antworten – wer hat schon eine Antwort auf die Ungläubigkeit seiner Enkel –, aber Erklärungen über die Unsicherheiten der Agnostiker zu geben. Das sind tiefschürfende, schöne Werke. Keine Handbücher für Geister auf der Suche . . .

Von Zeit zu Zeit durchbrach der eine oder andere der Geliebten von Douce unseren Frauenzirkel. Wenn ich ihn für ihrer würdig hielt, erteilte ich ihm meinen Segen, wie man Kindern erlaubt, draußen zu spielen.

Douce war so schön, so zart, so fröhlich . . . So umgänglich wie ich ruppig. Umschmeichelt, verehrt, aber so tugendhaft wie ein wahres junges Mädchen ihrer Zeit. Darüber wachte ich übrigens! Ich war ihre kleine, unbestechliche Anstandsdame.

Dank ihr und der unverwüstlichen Zuversicht meiner Mutter, die sie trotz aller Schwierigkeiten, mit denen sie sich herumschlagen mußte, nie verlor, blieb unser Zuhause immer fröhlich und hübsch. Der Verputz bröckelte ab? Wir besserten ihn selbst aus. Die Sessel zerfledderten? Ein Stoffrest im Ausverkauf, und wir überzogen sie. Drei Perserteppiche, Überbleibsel besserer Zeiten, sorgten für das Grundlegende. Und jeden Samstag gab es, angeleitet von meiner Mutter, eine Nähversammlung, der sich unsere Freundinnen anschlossen.

Was man heute prêt-à-porter nennt, gab es damals nicht. Zu niedrigen Preisen, aber in schlechter Qualität, gab es nur »Konfektion«. Jede halbwegs geschickte Frau zog selbstgemachte Kleider vor. Dabei boten die Straßen einen erfreulichen Anblick, weil die Frauen Geschmack und Geschicklichkeit besaßen, eben das, was den Ruf der Pariserinnen begründete. Heute, da die Eleganz praktisch verschwunden ist, kann man sich kaum noch vorstellen, was das war.

Das Talent, das meine Mutter für alles Handwerkliche besaß, war unglücklicherweise mit enormer Zerstreutheit gepaart. Ein eingeschaltetes Bügeleisen auf dem Bügelbrett stehenzulassen, ein Ragout auf dem Herd zu vergessen, gehörte zu ihren kleinsten Vergehen. Eines Morgens fand ich, daß ein Kostüm, das ich ins Studio anziehen wollte, komisch roch.

»Das ist nichts«, sagte meine Mutter. »Ich habe es nur in Benzin getaucht, um es zu reinigen. Der Geruch wird verfliegen.«

Ich gehe. Der Geruch verfliegt nicht. Zu Mittag treffe ich im Schwimmbad Molitor Marc Allégret, ziehe meinen Badeanzug an. Ich gehe zu Marc, um ihn zu umarmen, da schreit er: »Aber wie riechst du denn? Das ist ja entsetzlich!«

Ich weiß nicht, wie ich rieche, würde es aber gerne wissen. Mir stecken die Tränen im Hals. Ich schäme mich.

Ende der Geschichte: Ich roch nach Petroleum.

Statt in Benzin hatte meine Mutter mein Kostüm in Petroleum getaucht!

Man muß seine Mutter sehr lieben, um ihr eine solche Unbesonnenheit zu verzeihen. Aber was hätte ich ihr nicht verziehen? . . . Sie war meine kleine Tochter, mein Schützling.

An einem Tag großer Knappheit, an dem ich weiß nicht welches ihrer großartigen Projekte zusammengebrochen war und ich sie so am Boden liegen sah, daß sie die Tränen kaum unterdrücken konnte, habe ich entschieden, daß die Stunde der grundlegenden Entscheidungen gekommen war. Da sie eindeutig unfähig war, die Ärmste, für unseren Unterhalt zu sorgen, würde ich das übernehmen, würde ich arbeiten gehen.

Bis dahin hatte immer als sicher gegolten, daß ich wie mein Großvater und zwei meiner Onkel Arzt werden würde. Ich war vierzehn und dank meines guten Gedächtnisses eine gute Schülerin; ich stellte mir die Studienjahre, die mich erwarteten, mit Vergnügen vor.

An jenem Tag sagte ich der Medizin nicht ohne Bedauern adieu. Ein Riß. In einem solchen Ausmaß, daß ich später mit vierzig noch einmal daran dachte, das Studium aufzunehmen. Aber die nötigen Grundlagen fehlten mir. Das ist nur einer der Träume, die ich mir versagen mußte.

Mit vierzehn lernte ich also anstatt Medizin Stenografie und Maschineschreiben. Wenn man mehrere Leben leben will, muß man mehrere Tode sterben. Das war der erste. Aber ich werde nie die Sensation des ersten Lohnes – achthundert Francs – vergessen, den ich nach Hause brachte. Wer vergißt seinen ersten Lohn? Welch ein Stolz!

Beim Heimkommen traf ich meine Mutter in der Küche, sie war dabei, die Fliesen mit einem Scheuerlappen zu wischen. Die heutigen Mittel gab es nicht. Ihre Hände waren rot und rissig, ihre hübschen Hände . . . Ich überlegte, daß ich ihr in Zukunft diese Arbeit ersparen könnte, indem ich eine Putzfrau bezahlte, und das wog alle Opfer auf.

An die Hände der Putzfrau, das muß ich der Wahrheit halber zugeben, dachte ich nicht.

Ich hatte damals keine Ahnung, was eine soziale Klasse darstellt, noch weniger davon, welcher ich angehörte. Ich wußte, daß es Reiche und Arme gab und daß erstere letztere zugrunde richten. Tante Emma war ihre widerwärtige Verkörperung. Ich wußte, daß wir arm waren, und wie, aber die Erfahrung hatte mich auch gelehrt, daß ich keine Arme wie alle anderen war.

Das geschah an der Remington-Schule, wo ich Steno und Maschineschreiben lernte. Sie wurde von jungen Mädchen besucht, die nur um weniges älter waren als ich und die alle aus bescheidenen Verhältnissen stammten. Nach der Schule stürzten sie sich in die Kaufhäuser, ohne dort etwas zu kaufen. Um das, worauf sie Lust hatten, zu sehen, zu berühren, zu riechen. Manchmal ließ ich mich mitziehen. Aber das, was sie begehrten, schien mir häßlich, gewöhnlich. Noch fremder war das, was sie lasen: *Le Film complet* und andere Publikationen dieses Stils, die sie sich gegenseitig liehen. Ich verstand das Vergnügen nicht, das sie dabei empfanden. Eine von ihnen war verliebt und stellte uns ihren Auserwählten eines Tages vor. Er war Drogeriegehilfe.

All das verwirrte mich sehr. Wie konnte man sich dazu entschließen, Drogeriegehilfe zu werden? Ich war nicht so weit zu begreifen, daß das kein Entschluß war, daß es keine Wahl gab. Daß diese netten jungen Mädchen nicht gelernt hatten, etwas anderes als *Le Film complet* zu lesen, daß es nicht mein Verdienst war, zweimal so schnell wie sie zu lernen, was man uns beibrachte, daß irgend etwas Grundlegendes uns unterschied. Aber was, da ich doch noch ärmer war als sie?

Ich befragte meine Mutter. Der Klassenkampf war ihr,

dem armen Liebling, fremd. Aber sie erklärte mir, daß die Gesellschaft wie eine Leiter funktionierte; daß wir aufgrund unseres Ruins ganz unten waren, aber daß man sich auch als verarmter Mensch etwas von seiner Herkunft bewahrt. Sie fügte hinzu: »Das ist weder ein Grund zum Stolz noch zur Scham.«

»Und kann man auch wieder hinaufkommen?«

»Manchmal, wenn man Glück hat.«

Ich war also verarmt. Ich würde die Dinge noch verschlimmern, indem ich mein Studium aufgab. Meine Mutter litt darunter, da sie doch soviel ehrgeizige Pläne für mich hatte, aber ich sagte ihr: »Weine nicht, Mama, eines Tages wirst du stolz auf mich sein, du wirst sehen.«

Sie war immer bereit, mir das zu glauben.

Glaubte ich selbst daran? Da wurde es schon schwieriger. Mit sieben wollte ich schlicht den Mond für sie vom Himmel herunterholen. Mein Unvermögen zuzugeben war meine erste Selbstentsagung vor der Weltordnung. Dennoch hatte ich Selbstvertrauen, weil sie mir dieses wunderbare Geschenk gemacht hatte: an meine eigene Kraft zu glauben. Aber Kraft wozu? . . .

Bis sich das herausstellte, brauchte ich eine Anstellung. Die Tante hatte bereits eine Idee. Ihre Färberin benötigte einen Laufburschen. Ich ließ sie abblitzen. Ich wollte einen Beruf, nicht hier und dort ohne Ausbildung herumjobben.

Einen Beruf! Da also entschied ich mich zu Steno und Maschineschreiben. Kleines Problem dabei: Die Kurse der Remington-Schule kosteten etwas. Wenn ich mich richtig entsinne, brauchte ich fünfhundert Francs. Woher nehmen?

Es gab in der Familie einen entfernten Verwandten, der in einem Modehaus arbeitete und der schlecht angeschrieben war, weil man ihn, ohne das Wort je auszusprechen, verdächtigte, ein Päderast zu sein. Ich wußte nicht, was das war, aber ich war mir darüber im klaren, daß er zu den Außenseitern gehörte. Unter Außenseitern versteht man sich. Ich ging zu ihm, bat ihn um die fünfhundert Francs und erklärte ihm mein Unternehmen. Ich sagte, daß ich ihm das Geld vom ersten Lohn zurückzahlen würde. Er vertraute mir. Er war gut. Gute Menschen sind selten, aber es gibt sie, man glaubt es kaum, es gibt welche . . .

Mit einem Diplom als Stenotypistin in gehöriger Form – hundertdreißig Worte pro Minute – sah ich die Kleinanzeigen im *Intransigeant* durch. An Stellenangeboten fehlte es damals nicht. Ein Buchhändler für bibliophile Sammler suchte eine Verkäuferin mit Steno- und Maschineschreibkenntnissen. Das war mein erster Schritt ins Berufsleben. Ich war vierzehneinhalb, ein anständiges, durchschnittliches junges Mädchen, und nichts wies auf den Stern hin, den meine Mutter auf meiner Stirn zu sehen behauptete, ein Zeichen, das ein außerordentliches Schicksal ankündigte.

Übrigens hatte ich kein außerordentliches Schicksal, ich habe höchstens Karriere gemacht. Das ist etwas anderes.

Wenn eifrige junge Leute mich heute fragen: »Was muß man machen, um im Journalismus oder beim Film weiterzukommen?« antworte ich ihnen: »Man braucht Arbeit, Glück und Begabung. Wenn einer der drei Faktoren fehlt, kommt man nicht von der Stelle.«

Man könnte das über alle Berufe sagen. Ich kenne keinen beruflichen Erfolg, auf welcher Ebene auch immer, wo diese drei Grundelemente zum Erfolg nicht zusammentreffen.

Bleibt noch zu sagen, daß das Glück flüchtig ist. Es ist ein aufgebäumtes Pferd, das man besteigen muß, sowie es vorbeirast. Rückblickend sehe ich, daß es mir im Berufsleben immer geholfen hat. Lieber Arthur . . .

Zuerst also die Buchhandlung, deren Vorrat ich binnen eines Jahres lesend verschlungen habe: um die zweihundert Bücher vielleicht. Man führte keine gewöhnlichen Bücher, sondern nur seltene Ausgaben. So daß ich, anstatt mich mit dem Erstbesten vollzustopfen, nur die Besten in alphabetischer Reihenfolge las, von Baudelaire bis Voltaire, von Bernanos bis Tolstoi, von Diderot bis Stendhal, was weiß ich noch . . . Ist das kein Glück? Stellen Sie sich nur vor, ich wäre bei einem Weinhändler gelandet!

Ich war nicht völlig unwissend. Wir hatten zu Hause eine reichhaltige Bibliothek. Mit zwölf las ich *Madame Bovary*, das mich sehr bestürzte. Irgend jemand bemerkte meiner Mutter gegenüber, sie sollte mich nicht »irgendwas« lesen lassen. Sie entgegnete, es sei nie zu früh, um gute Literatur zu entdecken.

Mit vierzehn stolperte ich über *Les Nourritures terrestres*, und das bedeutete einen Schock. »Verlaß deine Stadt, deine Familie, dein Zimmer, dein Denken . . . Liebe, ohne dich zu beunruhigen, ob es gut oder schlecht ist . . . Ich legte kühn meine Hand auf alle Dinge, und schon wähnte ich ein Recht auf alle Objekte meiner Begierde zu haben . . . Lieber ein Dasein voll Pathos als Ruhe . . . Nathanael, ich werde dich innige Leidenschaft lehren . . .« Ach, Vater Gide hat mich tüchtig erschüttert.

Ich habe *Les Nourritures* nie mehr wiedergelesen, und irgend etwas sagt mir, daß es unlesbar ist. Aber das macht nichts. Jedesmal, wenn ich Taue lösen mußte, hatte ich Zeilen daraus auf den Lippen.

Ich hatte ein Meer von Büchern vor mir. Ich tauchte darin ein. Sollte ich dieses tiefe Wasser hinter mir lassen, da Marc Allégret, den ich seit der Kindheit kannte, mich abwerben wollte, um mich als Scriptgirl anzustellen? Es war nicht so klar. Eine angenehme Stelle, die wichtigste Einkommensquelle für die Familie, für einen ungewissen Beruf aufgeben, war das vernünftig? Nein. War es nicht. Ich tat es trotzdem. Aber ich erinnere mich noch an das blitzschnelle Gefühl, mit meinem Leben zu spielen.

Marc wartete auf meine Antwort bei sich zu Hause, in der berühmten Wohnung in der Rue Vaneau, die er mit Gide teilte. Ich stieg in den Lift, legte den Finger auf den Knopf für das letzte Stockwerk und ließ eine Sekunde verstreichen, bevor ich ihn drückte. Eine Sekunde, während der ich mich fühlte, als ob in meiner Hand die Würfel lägen, die gleich fallen sollten.

Das war eine ausgezeichnete Erfahrung. Ich wußte nichts vom Beruf des Scriptgirls, der ein Minimum an technischen Kenntnissen erfordert oder jedenfalls damals erforderte.

Der erste Film, bei dem ich mitmachte, hieß *Fanny*, die Fanny von Pagnol. Mit Strenge zu M. Raimu oder Pierre Fresnay sagen zu müssen: »Sie hielten Ihr Glas in der rechten und nicht in der linken Hand, als geschnitten wurde . . .«, und das, wenn man Anfängerin ist, ein Floh von sechzehn Jahren . . . Die Herren waren schrecklich, ja sogar grausam. Aber Marc hatte mich seinem Assistenten Pierre Prévert anvertraut, damit er mich vor den groben Schnitzern schütze, und binnen zwei Wochen meisterte ich die Situation halbwegs, obwohl Raimu mich terrorisierte.

Marcel Pagnol hingegen war ein Engel, ein lässiger Engel, der sich dauernd für sein Ansehen zu entschuldigen schien, als sei es das Ergebnis eines Betrugs. Dort entdeckte ich die Welt der Stars, der zerbrechlichen, launenhaften, völlig narzißtischen Menschen, die unter Umständen dem niederen Personal gegenüber richtig boshaft sein können. Große Schauspieler sind Monster. Gehässig im Lauf des Tages, überragend, wenn sie ihren Text sagen, und aus diesem Grund verzeiht man ihnen alles. Die Stars von heute sind Fernsehunterhalter. Gaukler. Kein Vergleich. Oder sie sind Sänger, die in Riesensälen auftreten und in der Menge baden, aber das ist noch einmal etwas anderes. Idole heidnischer Hochämter. Die Kinogröße, der Star, der Stern von ehedem, war ein Gesicht, das man hundertfach vergrößert auf der Leinwand eines stickigen Vorführraums sah, das zu Träumen verführte, durch seine Anmut, seine Schönheit, die Konturen seiner Lippen, seinen Brustansatz, kurz: durch das Begehren, das er weckte. Der Stern gehörte einem während des Films ganz allein. Es gibt keine Sterne mehr, die zum Träumen veranlassen. Brigitte Bardot dürfte der letzte gewesen sein.

Und dann gab es da natürlich Marc, der liebevoll war und schön wie ein junger Gott, der mich überallhin mitnahm, ins Schwimmbad wie ins Restaurant. Er hatte nur einen Fehler: Ich war in ihn verliebt. Verliebt, wie man es nur in der Jugend ist, nämlich heftig und völlig hingerissen. Er begegnete mir wie einer kleinen Schwester.

Eines Abends war ich bei ihm, das Telefon läutete, er hob ab und begann ein endloses Gespräch mit einer Schauspielerin, die aus Berlin anrief. Eine nächtliche Unterhaltung zwischen zwei Liebenden, die darauf brennen, zusammen zu sein. Eine Unterhaltung, die mir unerträglich wurde. Also ergriff ich eine Vase, die herumstand, und schmetterte sie zu Boden, wo sie zerbrach. Marc drehte sich um, dann nahm er das Gespräch wieder auf, als existierte ich nicht.

Ich habe die Demütigung, die glühende Schande, die meine Geste mir bereitete, nie vergessen, und ich kann ohne zu schwindeln sagen, daß ich seither nie mehr einem Mann einen Auftritt lieferte, der die geringste Ähnlichkeit mit einer Eifersuchtsszene hatte. Nie. Ich kann dafür Zeugen bringen, Euer Ehren . . .

Übrigens hieß die fragliche junge Schauspielerin Simone Simon, damals noch unbekannt und erfolgshungrig. Besonders träumte sie von Schmuck. Abends nahm sie Marc zum Bummel durch die Rue de la Paix mit, wo in beleuchteten Schaufenstern die Juwelen funkelten. Später wurde sie damit überschüttet. Klug gewählte Gönner bekamen die Aufgabe, ihr Verlangen zu stillen.

Wie viele junge Leute zu dieser Zeit war Douce vom Kino begeistert. Wir gingen zwei oder dreimal pro Woche mit dem einen oder anderen ihrer Verehrer hin. Wir gingen außerdem zu einem Klub von Filmliebhabern, wo der letzte King Vidor oder der letzte Buñuel streng besprochen und beurteilt wurde.

Trügt mich meine Erinnerung? Mir kommt vor, daß damals alle Filme, in unterschiedlichen Stilen, schön waren; wir lebten von Bildern überschüttet. Im Klub sah ich eines Abends unter großer Geheimhaltung einen Film von Eisenstein, *La Ligne générale*, der in Frankreich verboten war. Da er mit sowjetischer Propaganda gleichgestellt wurde, hatten die Behörden ihn zensiert. Wie *Le Cuirassé Potemkine.*

Zu dieser Zeit begann Douce allein mit einem jungen Mann auszugehen, der mir nicht gefiel. Sie stellte ihn meiner Mutter vor, die ihn augenblicklich ablehnte, und teilte uns mit, daß sie ihn heiraten werde. Große Bestürzung, aber was tun? Er war ein junger Mann aus guter Familie, wie man damals sagte, arbeitete bei Michelin als Ingenieur und hatte eine Mutter und zwei Brüder, die so sympathisch waren wie er unsympathisch. Mama fügte sich.

Es war keine schlechte Ehe. Aber einige Jahre später

mußte Douce entdecken, daß der Junge zur Cagoule gehörte, einer extrem rechten Untergrundorganisation, die wütete und sich durch mörderische Anschläge hervortat. Michelin, das sie wie einige andere große Unternehmen finanzierte, war eines ihrer Nester.

Douce verließ also ihren Mann. Er verstand es. Es trennte sie etwas Ausschlaggebendes.

Während des Kriegs trat er der Miliz bei und wurde von der Résistance hingerichtet. Ihr Spürsinn hatte meine Mutter nicht getäuscht. Douce, die das Gewissen einer treuen und hingebungsvollen Ehefrau hatte, litt schwer unter diesem Ereignis. Es hätte in ihrem Charakter gelegen, dem Mann bis ins Schlimmste zu folgen. Sie hatte sich losgerissen, aber um den Preis wirklicher innerer Spaltung.

Nach *Fanny* arbeitete ich pausenlos, es folgte Film auf Film, und das Glück zeigte sich erneut.

Diesmal hatte es das Gesicht einer Frau, der Gattin eines angesehenen Produzenten, der mit Filmkomödien ein Vermögen gemacht hatte. Ich hatte zweimal hintereinander für ihn gearbeitet. Er plante einen Film mit Raimu und Fernandel, *Les Rois du sport*, bei dem Pierre Colombier Regie führen sollte.

Die Frau, von der ich spreche, mochte mich und hatte großen Einfluß auf ihren Ehemann. Sie sagte ihm: »Du solltest sie als erste Assistentin einsetzen. Sie ist die beste, die du finden kannst.«

Er hörte auf sie. Ich zitterte. Es ging um einen gewichtigen Film. Würde ich es schaffen? Ich sprang mit geschlossenen Augen ins kalte Wasser. Und so wurde ich die erste weibliche Regieassistentin. Die Produktion war ein Alptraum: Man mußte fünfhundert Statisten betreuen und überwachen; Pierre Colombier war von morgens bis abends betrunken; Raimu und Fernandel verlangten, gleichzeitig ins Studio zu kommen, aber natürlich war keine Rede davon, daß einer auf den anderen wartete, und wenn es um den Bruchteil einer Sekunde ging ... Ich hatte es schwer, wenn ich so sagen darf. Aber ich habe mir meine Meriten erworben.

Ich habe bis zum Krieg nur noch auf der Ebene der ersten Assistentin gearbeitet.

In der Zwischenzeit hatte Arthur mich erneut beschützt, diesmal im privaten Bereich. Es geschah am Abend meines zwanzigsten Geburtstags. Ich war entsetzlich niedergeschlagen. Zwanzig ist so ein Alter . . . In der Arbeit ging alles so halbwegs, aber ich hatte die Geschichte mit Marc noch nicht überwunden und fühlte mich einsam. Mit den Leuten aus meiner unmittelbaren Umgebung hatte ich gebrochen; sie hielten mich übrigens für verlottert, da ich arbeitete. Mit den Leuten vom Film hatte ich kaum Gemeinsamkeiten; daran war ich zweifellos selbst schuld, ruppig wie ich war. *»Für wen hält sie sich eigentlich?«* Wie oft habe ich das gehört . . . Aber gerade als ein Nichts kann man es unmöglich ertragen, in den Po gekniffen zu werden. Was ist schon ein armes Mädchen in einer rein männlichen Umgebung? Eine Beute, nichts als eine Beute, unerbittlich gejagt, solange sie widersteht, verachtet, wenn sie nachgibt. Es ist ermüdend. Ich sagte: »Ich will nicht, daß man mich angrapscht.« Diese Idioten lachten höhnisch. Ich haßte sie. Sie haben mich über sechs Jahre mit den Männern im allgemeinen entzweit.

Zu meinem Geburtstag hatte ein Produzent, der einen guten Ruf hatte, S. S., und der darauf verfallen war, mich heiraten zu wollen, ein Fest in einer russischen Kneipe organisiert, in die wir oft mit Joseph Kessel gingen. Zigeuner, Wodka, Blinis, rote Rosen in Champagnerkübeln, einfach alles, was ich liebte. Die Zigeuner schufen mit ihrem hinreißenden Gesang jene wahnsinnig melancholische Atmosphäre, deren Geheimnis sie allein kennen. Kessel trank zuviel, worauf er sein Glas ganz gewissenhaft aufaß. Ab einer bestimmten Stunde durfte man nicht einmal eine Brille in seiner Nähe liegenlassen. Er aß auch die.

Kessel war großartig, er hatte einen Kopf wie ein Königstiger und trug Ohrringe, seine blauen Augen schienen die Traurigkeit der ganzen Welt aufgesogen zu haben, er vermittelte Kraft. Er war ein guter Begleiter durchs Nachtleben, besonders an Abenden, an denen man davor zittert, allein heimzukehren, und das Vergnügen bis zur Dämmerung ausdehnt.

An diesem Abend spielte sich eine Szene ab, die ich immer wieder erzähle, weil sie die Rolle, die das Glück in meinem Leben spielte, schlagartig erhellt.

Ich liebe die russische Musik grenzenlos, aber sie steigerte an jenem Abend noch meine Traurigkeit. S. S. sah das und flüsterte mir ins Ohr: »Können wir unseren Freunden die frohe Nachricht verkünden?« S. S. war klein und sehr häßlich, aber er war ein feiner und kultivierter Mann, was in diesem Milieu höchst selten war. Er hatte mir zum Geburtstag den ersten Band aus der Reihe *La Pléiade* geschenkt; es war ein Baudelaire im Lederumschlag. Ich habe ihn noch immer.

Einen Moment lang stellte ich mir vor, mit ihm verheiratet zu sein, der Armut entronnen, ich würde Parfums und Blumen kaufen können, vielleicht hätten wir Kinder; eben ganz normal! Ja, aber ich liebte ihn nicht, gar nicht.

Er drängte mich zu einer Antwort.

Also sagte ich: »Ich werde Kopf oder Schrift spielen. Erscheint Schrift, heirate ich Sie. Kopf bedeutet: nein.«

Völlig verblüfft gab er mir eine Münze.

Ich warf Kopf. Ich war gerettet, und ich wage zu behaupten, dasselbe galt für ihn. Er hat später eine glänzende Partie gemacht, und zwar mit einer sehr vernünftigen Frau.

In diesem Jahr kam die Volksfront an die Regierung, und in Spanien begann der Bürgerkrieg. Ich hatte dank meiner Mutter bereits politisches Verständnis. Léon Blum, der mit meinem Vater befreundet gewesen war, war ich gewogen, den Kommunisten, denen Mutter mißtraute, war ich feindlich gesonnen; jedenfalls war ich mir über die Gefahr des Faschismus, wie er in Italien und Deutschland herrschte und den die Mehrheit der Franzosen in aller Ruhe zu ignorieren schien, schon klar. Sie beschränkte sich darauf zu lachen, wenn sie in der *Wochenschau* Mussolini oder Hitler geifern sah. Clowns, sagte sie.

Als im ganzen Land Streiks entbrannten, ergriff einen Teil der Bourgeoisie, die sich schon enteignet sah, völlige Kopflosigkeit. Von der Seite hatten wir wirklich nichts zu fürchten. Das versuchte meine Mutter meiner Tante zu erklären, die von Emigration sprach.

»Ach du, mit deinem Blum«, antwortete sie, »du bist doch blind! Diese Leute werden uns aufhängen, aufhängen werden sie uns!«

In den Studios von Billancourt hatte die Arbeit aufgehört. Die Räume waren besetzt. Ich unterhielt zu den Arbeitern herzliche Beziehungen. Ich brachte ihnen zu essen. Meine Mutter bestärkte mich: »Von der Seite wird dir nie etwas Böses geschehen«, erklärte sie.

Beim Film waren einige deutsche oder österreichische Flüchtlinge untergekommen, hauptsächlich sehr gute Drehbuchautoren, und durch sie hörte ich die ersten schrecklichen Erzählungen über das, was sich in Deutschland abspielte. Aber wer wollte davon wissen? Es ging zum einen Ohr hinein und zum andern hinaus, man muß das einfach sagen, denn das ist die Wahrheit.

Im Gegensatz dazu war die Aufmerksamkeit für den Spanischen Bürgerkrieg enorm, die Berichterstattung in der Presse ausreichend. Als die deutsche Luftwaffe im Dienste Francos 1937 Guernica bombardierte, gab es einen einzigen Aufschrei. Zwar nicht bei allen: Claudel entehrte sich. Im Ausgleich dazu verblüfften Bernanos und Mauriac – dieser am Ende eines langen Wegs – ihre Gesinnungsgenossen, weil sie sich gegen die Massaker Francos erhoben.

Paris ist aufgestört, es finden Versammlungen und Demonstrationen statt, bei denen man »Flugzeuge für Spanien« fordert. Ich gehe überall mit einem alten Freund meiner Mutter hin, Jean W., der mich dort nicht allein lassen will.

»Sie ist so wütend«, wiederholt er immer wieder, »sie ist so wütend.«

Bin ich wütend? Keine Spur. Ich bin aufgeregt, ich bin schockiert, Spanien tut mir leid, ich möchte etwas tun, *etwas tun*! Ach, wenn ich ein Junge wäre! Ich würde mich bei einer der Freiwilligenbrigaden melden. Gerade hat sich ein Filmarbeiter, ein Elektriker, mit dem ich befreundet bin, verpflichtet. Aber ich bin ein Mädchen. Mädchen kämpfen nicht im Krieg, Mädchen verbinden die Wunden der Krieger.

Etwas tun . . . Wie oft noch im Leben werde ich bei diesem Gedanken fast rasend werden! Aber es kommt selten vor, daß man »etwas tun kann« anstatt zuzusehen, wie der Strom dahinfließt. Und dennoch heißt das leben, heißt es, das Blut in den Adern schlagen zu fühlen, handeln . . .

Ich bin nicht nach Spanien gegangen. Meine Mutter tröstete mich. In der Zwischenzeit war die französische Regierung gestürzt worden, nachdem sie den Lohnabhängigen fünfzehn Tage bezahlten Urlaub und die Vierzig-Stunden-Woche zugesagt hatte.

Was die ersten bezahlten Urlaube bedeuteten, kann man nicht in Worte fassen. Ein kleiner Rausch, für viele zum erstenmal die Entdeckung des Meeres, Sonnenstiche, weil sie nicht an die Hitze gewöhnt waren, der unbekannte Geschmack von Erholung . . . Nichts wird jemals wieder ein solches Geschenk für die arbeitende Bevölkerung sein.

In den drei oder vier Jahren vor dem Krieg wurde die Bestie in mir von drei Männern gezähmt, die mich mit ihren Geschlechtsgenossen aussöhnten. Es war auch höchste Zeit dafür. Ich war unerträglich.

Diese drei Männer, Jean Renoir, Saint-Exupéry, Louis Jouvet, brachten mir keinerlei amouröses Interesse entgegen, nur eine Art Zuneigung aus Rührung für meine Jugend und aus Erheiterung über meine Grobheiten.

Ich hatte es zweifellos nötig, Autorität kennenzulernen. Sie besaßen genug davon, jeder auf seine Weise, und vor allem schafften sie es, daß ich sie akzeptierte.

Jean Renoir, ein dicker, pausbäckiger, schroffer Mann mit himmelblauen Augen, war ein richtiger Chef. Er konnte hart sein und war es gerade seinem Assistenten, Jacques Becker, gegenüber oft, der in *La Grande Illusion* die Statisten betreuen mußte. Aber er hatte ein besonderes Talent, aus jedem das Beste herauszuholen, ob es sich um Jean Gabin, eine bescheidene Nebenrolle oder auch, natürlich, um die Techniker handelte. Er schrie niemals, er stachelte an. Man hätte sich umbringen lassen, um ihn zufriedenzustellen. Wenn ich für seine Art uns zu »leiten« ein Bild finden müßte, dann »dirigierte« er mit der Meisterschaft eines großen Orchesterchefs.

Als ich viel später eine Gruppe von Mitarbeitern leiten mußte, verging kein Tag, an dem ich nicht an ihn dachte. »Den *Express* zu leiten«, sagte ich zu J.-J. S.-S., »ist dasselbe wie an der Scala in Mailand zu dirigieren. Journalisten sind Künstler, es gibt gute und schlechte, aber sie sind Künstler, verschreckt von dem weißen Blatt, das vor ihnen liegt . . . Man darf sie nicht anschnauzen. Man muß ihnen helfen, das Beste aus sich herauszuholen. Dann sind sie glücklich.«

Leichter gesagt als getan, aber das Beispiel von Renoir habe ich nie vergessen. Ich nannte ihn »Monsieur«. Ich respektierte ihn. Tatsächlich war er der erste Mann, den ich respektierte.

Saint-Exupéry war ein anderer Fall. Mit ihm absolvierte ich in seiner roten Caudron, die er bei einer Bruchlandung ramponierte, den ersten Flug meines Lebens. Er ramponierte vieles.

Von ihm bekam ich keine Belehrungen. Ich hätte mir gewünscht, er hätte mir das Geheimnis seiner Kartentricks enthüllt, aber er wollte nicht. Was er mich gelehrt hat, sind Lieder: Auf den Stufen des Palasts sitzt ein schönes Mädchen . . . Gedichte, hübsche Geschichten, die er für mich erfand, in denen einmal der Mond mit einem kleinen Schubser hundert Millionen Wellen Richtung Chile schickt . . . Er beschützte mich, während wir in der Wüste *Courrier Sud* drehten – ich war das einzige Mädchen in einer Männercrew –, und mit ihm entdeckte ich, daß ein Mann einem etwas geben konnte, ohne etwas dafür zu fordern, daß dieses ewige Lied, der schmutzige Markt, nicht unausweichlich war. Er war ein wirklicher Herr.

Zuletzt noch Louis Jouvet. Als ich ihn kennenlernte, drehte er *Education du prince*, den Film, in dem ich meine erste Assistenz hatte. Mit Ironie und Güte führte er mich in wichtige Lebensregeln ein. Er hänselte mich sehr – und das war heilsam –, wenn ich das Zuckerpüppchen spielte. Er hat mich gelehrt, mich bescheidener zu benehmen, meine Aggression zu zügeln.

»Du bist wie ein gespanntes Seil«, sagte er. »Laß ein wenig nach, laß nach . . . Du bist nicht von Feinden umgeben!«

Er hat dem jungen Mädchen, das ich war, seine Freundschaft geschenkt. Sie ist sich stets gleichgeblieben.

Als der Krieg ausbrach, habe ich sie alle drei aus den Augen verloren. Jean Renoir war in Amerika; Saint-Ex ebenfalls, bevor sein Flugzeug ins Meer stürzte; Jouvet war mit seiner Truppe nach Südamerika gegangen, um nicht vor den Deutschen spielen zu müssen. Andere hatten weniger Skrupel. Die düsteren Jahre begannen.

Fünf Jahre, während denen ich mich an keinen einzigen glücklichen Tag erinnere. Von der Flucht bis zum Ende des Kriegs im Mai 1945 erscheint mir alles wie ein endloser Tunnel.

Am 10. Juni 1940 steckte ich am Steuer meines kleines Autos, einem Simca 5, in der langen Kolonne von Parisern, die unter stechender Hitze aus der Stadt flüchteten.

Dieser kleine Wagen hatte eine Geschichte. Ich hätte niemals das Geld gehabt, ihn zu kaufen, nicht einmal aus zweiter Hand. Doch während der letzten Monate der »drôle de guerre«* bat mich eine Freundin, deren Mann einberufen war und die nicht autofahren konnte, sie im Auto des besagten Ehemannes nach Fontainebleau zu bringen. Was ich – unter Lebensgefahr für uns beide – tat: Ich hatte keinerlei Fahrpraxis in der Stadt. An jenem Tag hat sich mein Schutzengel wieder einmal aufs äußerste bewiesen.

Während wir dahinfuhren, bemerkte meine Freundin einen Ring an meinem Finger, der ihr gefiel.

* So wird die Phase zwischen dem Ausbruch des 2. Weltkriegs und der Besetzung Frankreichs bezeichnet. Der Terminus drôle (=lustig) verweist auf die weit verbreitete Ansicht, der Krieg könne an sich nicht besonders lange dauern, vor allem aber speziell Frankreich niemals von den Hitlertruppen überrannt werden. (Anm. d. Ü.)

»Ich hätte gern dein Auto«, meinte ich.

»Das läßt sich machen«, antwortete sie, »du gibst mir den Ring, ich dir das Auto . . .«

Ohne zu wissen, wer von uns dabei verlor, besiegelten wir den Handel.

Ich kehrte triumphierend nach Paris zurück, wobei ich mindestens zehnmal dem Tod entging, denn das Lenkgetriebe war gebrochen, und ich schlitterte von einer Straßenseite zur anderen, ohne überhaupt zu verstehen, was mir geschah. Die reine Narretei.

Zeit zur Reparatur, und dann erreichte ich in diesem Troß nach achtzehn Stunden Clermont-Ferrand, wo Douce wohnte. Ich besaß gerade genug, um mich ein paar Tage mit meiner Mutter in einem möblierten Zimmer, das wir nur durch ein Wunder aufgetrieben hatten – denn die Stadt quoll über von Flüchtlingen –, zu ernähren und dabei die allgemeine Verwirrung mitzuerleben.

Frankreich war in seiner Niederlage nicht schön anzusehen! Nach dem militärischen Zusammenbruch folgte der geistige: verstörte Menschen, die nicht wußten, was sie mit sich anfangen sollten, wohin sie gehen könnten, welche Zukunft sie ins Auge fassen sollten. Nach Paris in die besetzte Zone zurückkehren? Man sah Geschäftsteilhaber, die entschieden, daß der eine ging, während der andere blieb. So hofften sie, das Risiko für ihr Unternehmen möglichst gering zu halten. Das war gar keine so schlechte Idee. Wie immer gab es solche, die verschlagener, zynischer, aufgeweckter waren als andere, um eine eindeutig beispiellose Situation zu durchschauen und sie so gut wie möglich zu nutzen, indem sie sich beeilten, dem Vichy-Regime ihre Aufwartung zu machen, was soll's, man mußte leben! Es gab auch solche, die nur daran dachten, London zu erreichen, und denen es gelang . . .

Nach einigen Wochen der Unordnung klärten sich die Dinge wieder einigermaßen; ein Teil der Flüchtlinge verließ die Stadt. Es blieben hauptsächlich die, die aus dem Elsaß, von der Universität in Straßburg gekommen waren . . .

Douce versuchte eifrig, ihnen das Leben etwas leichter zu machen. Ich half ihr. Aber zur allgemeinen Verwirrung gesellte sich bald meine eigene, an der ich litt wie ein gefangenes Tier. Mir war übel, ich fühlte mich elend. Ich verbrachte Nachmittage damit, über mein Los zu weinen. Eine dumme Beschäftigung, wenn es denn eine ist . . . Meine Arbeit war verloren. Wo fand ich etwas, um überhaupt zu überleben? Ich suchte . . .

Als ich mitbekommen hatte, daß mir in Clermont-Ferrand keine noch so einfache Beschäftigung angeboten werden würde, ging ich nach Lyon. Die Zeitung *Paris-Soir* hatte dort ihre Büros aufgemacht. Ich kannte da zwei oder drei Leute, vielleicht konnte ich mich dort einschleichen.

In solchen Dingen war Arthur toll.

Es passierte, was in Paris niemals passiert wäre.

Ich ging in das riesige Gebäude, in dem alle Abteilungen von *Paris-Soir* untergebracht waren, und gelangte bis zum Büro des Direktors, Hervé Mille, den ich flüchtig kannte – ohne daß auch nur der Schatten eines Türstehers, es gab gar keinen, mich behindert hätte. Er empfing mich. Ich denke, daß er mich aus Mitleid genommen hat. Ich dürfte nicht besonders hinreißend gewesen sein. Er war beeindruckend mit seinen grünen Augen. Als rechte Hand von Jean Prouvost, dem großen Boß von *Paris-Soir*, hat Hervé Mille eine beträchtliche Rolle in der französischen Presse gespielt, aber immer hinter den Kulissen, ohne sich auf die Bühne zu begeben. In Lyon, in Abwesenheit von Pierre Lazareff, der in die USA geflüchtet war, wurde er ganz selbstverständlich zur Nummer Eins der Zeitung.

Er versprach mir Arbeit. Besser war, daß er mir welche gab: kleine Sachen, eine Übersetzung hier, eine Erzählung da, Artikel über dies und jenes, jedenfalls genug, um zu überleben. Vor allem hat er mir einen Platz in seinem Büro gegeben, genau ihm gegenüber; ich schrieb vor seinen Augen und sah so im Laufe von fünf Monaten, wie eine Tageszeitung konzipiert und realisiert wird.

Weshalb hat er mir gerade diesen Platz gegeben? Ich weiß es nicht. Sicher weil er zutiefst großzügig war. Er hat mich unter seine Fittiche genommen, wie er es mit einer kleinen Katze getan hätte.

Später behauptete er zwar, das sei absolut falsch. Er habe bei mir sofort das entdeckt, was die wahren Journalisten ausmache, und daß er mich formen wollte . . .

Vielleicht.

Aber meine Stellung war heikel. Ich dachte nur daran, wieder nach Paris zu kommen und dort richtige Arbeit zu finden, sobald mein Kind geboren war . . .

Lyon war noch weit davon entfernt, Hauptstadt des Widerstands zu sein. Vor der zweiten Hälfte des Jahres 1941 gab es nur vereinzelte Aktionen. Sie wurden noch ziemlich milde geahndet. Vichy machte Jagd auf Kommunisten, noch nicht auf Widerstandskämpfer.

Männer wie Jean Prévost, der im Vercors ermordet wurde, oder wie Roger Vailland, der ein guter Kämpfer war, waren noch meilenweit vom Geist des Widerstands entfernt. Ein bestimmter Geist von Vichy hatte die Überhand.

Die schöne Stadt zwischen zwei Flüssen wimmelte von Parisern. Neben dem *Paris-Soir* hatten sich mehrere Zeitungen dort niedergelassen: der *Figaro* und noch andere.

In der Kantine des *Paris-Soir* einte eine eigenartige Vertrautheit Leute, die sich in Paris nie begegnet wären.

Philippe von Rothschild plauderte mit dem Laufburschen, der Botschafter René Massigli ließ sich unter dem Siegel der Verschwiegenheit zu Mitteilungen hinreißen, die Atmosphäre war voll von Melancholie, jener besonderen, die Flüchtlingen ewig anhaftet; das größte Problem schien darin zu bestehen, sich ein wenig Benzin zu besorgen, um außerhalb der Stadt abendessen zu gehen.

Das Leben in Lyon war nicht hart. Man aß besser als gewöhnlich, man traf auf eine große Ansammlung intelligenter und sympathischer Menschen; dort machte ich auch die Bekanntschaft von Vailland. Nur die Raucher waren bestraft. Es gab keinen Tabak. Aber zwei oder drei nette Prostituierte wußten meist auszuhelfen.

In Lyon empfand ich auch zum erstenmal Abneigung gegen Chefs, und zwar im Falle Jean Prouvost. Erstens mußte man ihn »Chef« nennen, was ich verweigerte. Ich sagte »Monsieur«. Aber das brachte ihn nur zum Lachen. Zweitens führte er uns eines Abends zum Essen aus und versuchte, jeden von dem probieren zu lassen, was er auf dem Teller hatte, indem er seine Gabel mit einer Kostprobe darauf von einem zum anderen gehen ließ. Zur allgemeinen Verblüffung weigerte ich mich, von der Gabel des Chefs zu essen. Das war reine Ahnungslosigkeit. Er konnte mich wie eine Fliege zerdrücken. Aber wieder lachte er. Er nannte mich »die kleine Braune« und behandelte mich, als sei ich eine Laune, die man Hervé durchgehen lassen mußte. Ich weiß nicht, was er wirklich dachte.

Als ich ihn zwanzig Jahre später wiedersah und er mich gerne angestellt hätte, fragte er: »Haben Sie noch immer einen schlechten Charakter?«

Ich antwortete: »Nein, ich bin sehr gesittet geworden.«

Er schien eher enttäuscht.

Mein Aufenthalt in Lyon ging dem Ende zu. Ich hatte ihn sozusagen mit flachem Bauch durchlaufen, wodurch mir die Schande erspart blieb, meine »Schuld« zugeben zu müssen. Ich mußte mein Kind nur noch zur Welt bringen, es meiner Mutter gestehen, die in Nizza war, und dann nach Paris zurückkehren. Es wird niemanden erstaunen, wenn ich sage, daß das nicht die fröhlichsten Tage meines Lebens waren.

In Paris hatte ich einmal mehr großes Glück.

Ein Produzent, von dem ich schon gesprochen habe, der des Films *Rois du sport*, vertraute mir zusammen mit – ich habe vergessen mit wem – das Verfassen eines Drehbuchs an. Dann bekam ich ein zweites, diesmal allein. Dann ein drittes, dann ein viertes . . . In finanzieller Hinsicht war ich gerettet.

Meines Wissens hat noch niemand den großen Roman der Besatzung und ihrem Kulminationspunkt, der Befreiung, geschrieben. Zeugnisse gibt es viele, das ist etwas anderes. Niemand hat uns gleichzeitig den Lärm der Schuhe mit Holzsohlen und die Schreie der Gefolterten hören lassen, das Zischen des Champagners im Maxim und die Panzer der Abteilung Leclerc bei ihrer Einfahrt nach Paris, die schwarzen Citroens der Gestapo und das helle Knirschen von Fahrrädern, die leeren Bäuche und die vollen Theater, die außergewöhnliche Verbindung von Feigheit, ja Schändlichkeiten, und den Heldentaten, die die Besatzung hervorgerufen hat. Zur selben Zeit lachte man, trotzte man leichtsinnigerweise der Sperrstunde, hatte man die spezielle Fröhlichkeit derer, die wissen, daß um die Ecke der Tod lauert. Und über all dem eine undurchsichtige Trauer, Hakenkreuze überall, Deutsche überall, Schwarzmarkt, Judensterne.

Mein erstes Wiedersehen hatte ich mit der Milchfrau. Ich erinnerte mich an eine unbezahlte Rechnung. Also ging ich hin, um sie zu begleichen. Sie empfing mich herzlich.

»Mich bezahlen? Also Sie sind ja wahrhaftig ein Original! Hier! Kommen Sie, ich gebe Ihnen ein halbes Pfund Butter . . . Und wenn Sie etwas anderes brauchen, können Sie immer kommen.«

Butter war schier unbezahlbar. Ich ging öfter zu ihr, als ich an der Reihe war.

Dasselbe Erlebnis bei meinem Autoschlosser und dasselbe Erstaunen. Waren die Pariser alle getürmt, als sie die Fahnen hißten? Man mußte es meinen. Er bot mir ein Fahrrad an.

Das schlimmste Problem: die Schuhe. Meine hatten den Geist aufgegeben. Holzschuhe? Das Gehen fiel mir, seit ich mir vor langer Zeit den Fuß gebrochen hatte, in schlecht passenden Schuhen schwer. Jemand gab mir eine Adresse, wo man mit Leder und Kork nach Maß arbeitete. Der Preis war unerschwinglich. Aber in Wahrheit gab es alles in Paris. Es war nur eine Frage des Geldes.

1942, als die fatalen militärischen Nachrichten alle Hoffnung zu vernichten schienen, schickte mir Douce, die in der Auvergne aktiv am Widerstand teilnahm, einen Geheimboten. Sie wollte wissen, ob ich bereit sei zu helfen. Natürlich! Wobei helfen? Kleinigkeiten. Als Verbindungsperson dienen. Einen Sender und Waffen lagern. Pierre Dejussieu, den Chef der Geheimarmee beherbergen. Nichts Heldenhaftes, nichts Großartiges. Dennoch löste sich ein Knoten in meiner Brust. Endlich würde ich etwas tun können. Zum erstenmal seit Beginn des Krieges empfand ich das Gefühl der Daseinsberechtigung.

In dem Maße, wie die Jahre vergehen, verschwinden die Widerstandskämpfer der Basis, wird ihr Andenken ausgelöscht, wird der Widerstand zum Epos mit einigen großen Helden – Jean Moulin, Pierre Brossolette – und zum historischen Forschungsgegenstand der Beziehungen zwischen dem Widerstand im Land und dem draußen, den de Gaulle für sich in Anspruch nahm.

Auf der Ebene des Fußvolks ging es um etwas anderes: eine Summe individueller Akte, die mehr Überzeugung denn Mut erforderten, um so mehr als wir keine Ahnung hatten, wieviel wir in Wirklichkeit riskierten. Niemand war aus einem Konzentrationslager entkommen, um es uns zu beschreiben. Niemand war einem Folterer entkommen. Die Gestapo war ein schwarzes Loch, in das man nicht fallen durfte, aber darüber hinaus . . .

Was mich anlangt, endete das Abenteuer in Fresnes. Die Gestapo suchte Pierre Dejussieu und glaubte, daß ich seinen Aufenthaltsort verraten könnte. Es ging darum, mich zum Sprechen zu bringen. Ich hatte nichts zu sagen. Manchmal war es das Ärgste, nichts zu sagen zu haben: Man knüppelte einen unendlich, man versenkte einen in einer Badewanne. Das blieb mir erspart. Pierre Dejussieu wurde verhaftet und nach Buchenwald deportiert, nachdem er unglaubliche Qualen erlitten hatte und bevor bei mir die groberen Mittel angewendet wurden, um mir etwas zu entreißen, was ich nicht wußte. Von da an war ich nicht mehr interessant, und man ließ mich in meiner Zelle verrotten

Arthur, mein Schutzengel, hat auch eingegriffen, um mich vor der Deportation zu schützen. Ich gehörte zu den letzten Häftlingen, die von den Deutschen in der Panik des Juli 1944 freigelassen wurden. Douce, die in Clermont verhaftet wurde, war bereits 1943 deportiert worden. Nach meiner Verhaftung blieb aus unserem Widerstandsnetz nur noch ein einziges Mitglied in Freiheit. Viele von uns sind nie mehr zurückgekehrt.

Meine Freude über die Befreiung Frankreichs wurde

durch die Abwesenheit von Douce verdüstert, von der wir gar nichts wußten. Nicht einmal, in welchem Lager sie sich befand. Acht endlose Monate, die wir in Angst um sie verbrachten, vergingen bis zur Kapitulation der Deutschen. Endlich, eines Tages im Mai 1945 stand sie da in ihrer gestreiften Häftlingskleidung, ein Schatten ihrer selbst . . .

Sie hielt mir einen Kristallaschenbecher entgegen und sagte: »Nimm, ich habe ihn dir aus Böhmen mitgebracht . . .«

Das war Douce, wie sie leibt und lebt. Man kommt nicht von einer Reise zurück, und sei es von einer in die Hölle, ohne ein Geschenk mitzubringen.

Douce, so schön mit ihren tiefschwarzen Haaren, so mutig, so fröhlich . . . Sie verlor ihr Leben frühzeitig, völlig ausgelaugt, und an dem Tag, als sie starb, entschwand meine Kindheit. Es würde niemanden mehr geben, der sagte: »Du bist verrückt. Du bist komplett verrückt!«

Niemand würde sich mehr um mein Wohlergehen kümmern, auf das zu achten ich nie fähig war.

(Ich schreibe seit Jahren auf schlechten Sesseln verrenkt, vor viel zu hohen oder zu niedrigen Tischen, bei fürchterlicher Beleuchtung. Nachlässigkeit, Lustlosigkeit, mich um mich selbst zu kümmern, Verachtung für mein Gerippe, was weiß ich . . .)

Ich würde niemanden mehr haben, um ihm zu erzählen, was man niemandem erzählt. All meine Erinnerungen wären verwaist. Diese robuste Liebe, die uns vereinte, wo man sich nicht schonte, wo man sich die Wahrheit so gut wie die Kissen an den Kopf schmiß, diese so mächtige Liebe war nicht stark genug gewesen, um Douce hier zu halten.

Wir sagten im Scherz: »Wenn wir alt sind, werden wir unwürdige alte Damen sein. Wir werden Whisky trinken und unsere Männer losgeworden sein. Das wird das Paradies auf Erden!«

Sie hat nicht auf mich gewartet. Ich bin ihr dafür schrecklich böse. Das ist das einzige Mal, daß sie mich im Stich gelassen hat.

Der Krieg war also vorbei, ich war eine bekannte, versierte Drehbuchautorin, als Hélène Lazareff mich zu sich zum Essen bat. Ich sah eine winzige Person, die auf Zehenspitzen ging, um an Größe zu gewinnen, mit ernsten Augen in einem fröhlichen Gesicht. Ich sagte oft, daß zwischen uns unverzüglich und gegenseitig der Funke zündete.

Wie hatte Hélène mich aufgestöbert? Sie suchte Redaktionsmitarbeiter, Hervé Mille hatte ihr meinen Namen und den zweier anderer Journalisten genannt, die in Lyon aufgefallen waren: Raymond Cartier und Max Corre.

Ganz am Anfang der Besatzung hatte ich, wie schon erwähnt, für *Paris-Soir* kleine Artikel geschrieben, die Hervé scheinbar gefallen hatten; dabei hätte ich genauso gern bei einem Notar gearbeitet, um ein paar Sous zu verdienen . . . Aber das Glück – wieder einmal das Glück – hatte mich auf die Fährte von Hervé geführt. So stieß ich auf meinen wirklichen Beruf, den Journalismus.

Vorerst schrieb ich nur einige Artikel für *Elle*, die damals noch in den Kinderschuhen steckte, und ich fand viel Gefallen daran, Hélène bei der Arbeit zuzusehen. Sie war eine kleine rote Flamme, zurück aus den USA und mit beeindruckender beruflicher Erfahrung ausgestattet.

Der Zufall wollte es, daß sie damals Opfer einer unerwarteten schweren Krankheit wurde, die sie für mehrere Monate ans Bett fesselte.

»Übernehmen Sie *Elle*«, sagte Pierre Lazareff. »Wer sonst kann das?«

Ich konnte nicht ablehnen. Ich hatte bereits ein Bein im Journalismus. Daß er mich mit Haut und Haar ergreifen würde, ahnte ich noch nicht.

Ich muß hinzufügen, daß ich der Arbeit beim Film langsam überdrüssig wurde. Das ist ein Geschäft, in dem man entweder Regisseur sein muß oder gar nichts. Der Drehbuchautor ist ein frustriertes Wesen, das seinen Beitrag, seine Konzeption andauernd beschnitten und verändert sieht, der sich innerhalb des Teams ewig an zweiter Stelle befindet, nie an erster.

Ich empfand dieses Gefühl besonders stark, als ich mit Henri-Georges Clouzot an der Bearbeitung eines Romans von Nabokov arbeitete, der *Chambre obscure*. Ein sadistischer Stoff, wie gemacht für ihn, der aber schließlich wegen einer Rechtsstreitigkeit nicht gedreht wurde.

Wir hatten einen idealen Rahmen in Saint-Paul-de-Vence, wo er meistens wohnte, und dort taten wir nichts, als den ganzen Tag zu sprechen. Das nennt sich dann »zu zweit an einer Bearbeitung feilen«.

Clouzot, eine brillante, gebildete Persönlichkeit, war ein Monster. Ein liebenswertes, aufmerksames Monster, aber ein Monster. Er riß einem Herz und Seele aus dem Leib.

Er hatte für seine Drehbücher immer Mitarbeiter und bediente sich ihrer als Mauer, die die Bälle zurückschnellte, die er warf. Wenn dieser eine zündende Idee hatte? Er verschlang sie, knetete sie, machte sie zu seiner und legte sie einem so verändert vor, daß vom Ausgangspunkt nur noch ein Schatten übrigblieb. Wenn er einen Nachmittag so gespielt hatte, sagte er: »Na ja, das ist alles sehr schlecht. Morgen werden wir klarer sehen.« Am nächsten Tag begannen wir nach einer Taucherrunde, ein Vergnügen, in das er mich eingeweiht hatte . . .

Anfangs hatte ich mich gefürchtet. Schon diese Art mit dem Rücken ins Wasser zu gehen, beladen mit dem Gewicht der Flaschen. Auf den ersten Versuch reagierte ich mit Panik.

»Wenn Sie es nicht sofort wieder versuchen, werden Sie es nie mehr versuchen«, warnte mich Clouzot.

Ich versuchte es erneut und erlebte dank seiner Ermunterung den Rausch der Tiefe des Meeres, seiner Stille, seines Friedens.

Der Mann, der in den Studios als grausam galt und vorzugsweise weibliche Darstellerinnen zum Weinen brachte, war im Umgang mit Drehbuchautoren angenehm, abgesehen davon, daß er sie ausspreßte wie Orangen, um dann vom Saft einen Schluck zu bewahren. Es war zermürbend. Ich mochte ihn sehr. Es verband uns eine alte Freundschaft. Aber keiner hat mich stärker fühlen lassen als er, daß ein Drehbuchautor bei einem großen Regisseur nur ein Rad am Wagen ist.

Also selbst Regie führen? 1946 war es praktisch ausgeschlossen, daß einer Frau die Regie anvertraut würde. Ich befand mich in einer Sackgasse, arbeitete lustlos, allein aus Erwerbsgründen, außer einmal mit Jacques Becker.

Er war das absolute Gegenteil von Clouzot. Er war ein strenger Protestant, stotterte leicht, hatte einen ausgezeichneten Geschmack und ausgezeichnete Manieren und sog alles auf wie ein Blatt Löschpapier. Er machte einen Becker daraus, aber ohne die Grundzüge zu verändern, er drückte einfach jedem Satz seinen einzigartigen Stempel auf, aber so, als hätte er besser als man selbst verstanden, was man sagen wollte. Ich arbeitete gerne für ihn und verdanke ihm den ersten Dialog meiner Laufbahn, etwas, was man damals ungern Frauen übergab.

Der Journalismus war nicht frauenfreundlicher als der Film. Es gab weibliche Redakteure weder bei *Le Monde* noch beim *Figaro; France-Soir* war etwas offener, aber auch da fand man keine Abteilung unter der Leitung einer Frau. Einziger Ausweg: die Frauenzeitschriften. Pierre Lazareff öffnete ihn mir, und ich beschritt ihn. Ich habe es nie bereut, obwohl ich danach noch einige Filme schrieb.

Einer, *Julietta*, verschaffte mir besondere Befriedigung. Pierre Braunberger hatte sich entschlossen, ihn zu produzieren, um Marc Allégret, der seit langer Zeit arbeitslos war, zu unterstützen. Er bat mich, das Drehbuch und die Dialoge zu schreiben. Süße Rache für meine Jugend. Ich führte den Auftrag mit großem Vergnügen aus. Aber eine Zeitung zu machen ist etwas anderes!

Die Redaktion von *Elle* zu leiten war aufregend und ausgesprochen lehrreich ... Als Hélène zurückkam, wurde sie zu einer außergewöhnlichen Lehrerin. Eine Russin, mit russischem Temperament bis in die Fingerspitzen, die sich an die französischen Frauen richtete, obwohl sie nicht die geringste Ahnung hatte, was eine französische Frau ausmachte, da sie nur Amerika im Kopf hatte, aber genau dadurch schlußendlich erfolgreich war. Unsere Arbeit war ein Glücksfall, da wir uns ergänzten und nicht miteinander konkurrierten. Übrigens war sie die kleine Chefin. Ich liebte sie sehr, und ich denke, daß sie dieses Gefühl erwiderte. Was haben wir uns vor allem amüsiert! Eine Zeitschrift in ihren Anfängen zu übernehmen, sie weiterzutreiben, ihre Entwicklung mit allen Risiken des Aufbaus zu beobachten ist großartig!

Ich hatte die Chance, diese Erfahrung zweimal im Leben zu machen, einmal mit *Elle* und später mit *L'Express.*

In den Anfangszeiten von *Elle* war ich eine harte, angespannte, vom Krieg gezeichnete junge Frau. Der Widerstand hatte mir die herbe Befriedigung des Einsatzes mit all seinen Gefahren und Ängsten verschafft. Ich hatte ihn geliebt, trotz der erschreckenden Leichtfertigkeit einiger, die sie so teuer bezahlten. Das junge Mädchen, das ich war, und das sich sooft fragte, welchen Sinn ihr Dasein auf der Erde hatte, fand darin eine Art Rechtfertigung. Nach meiner Verhaftung hatte ich das Gefängnis kennengelernt, das zwar keine Strafkolonie war, aber doch eine Art Beweis für persönlichen moralischen Widerstand. Eine Erfahrung, die ich nicht bedauere. Das Gefängnis macht einen äußerlich verbraucht und kraftlos, aber es stärkt das Innere. Es hielt mir noch eine letzte unerwartete Kraftprobe bereit: Nach Ansicht eines Arztes hatte ich mir in Fresnes Syphilis zugezogen. Wie war das möglich? Wegen der Strohsäcke, die einen wundscheuerten? Einer davon hatte mich angesteckt. Und woran sah der Arzt das? An den verdächtigen Flecken auf meinen Armen.

Bis eine gründliche Untersuchung diesem Alptraum ein Ende setzte, durchlief ich eine üble Zeit. Die Flecken? Von einem Bergamott-Parfum. Uff!

Schwerwiegender. Nach dem Krieg kam die Nachkriegszeit. Und ich gehörte zu denen, die nur schwer ertrugen, was sie enthüllte. Mit einem Wort: Auschwitz. Und das, was Douce, die nach Ravensbrück verschleppt worden war, mir in der Nacht ihrer Rückkehr von ihrem Passionsweg und dem ihrer Gefährten erzählte. Danach wollte sie nie mehr darüber sprechen. Nie mehr.

Welcher Glaube, welche Philosophie, welche Hoffnung kann einen Menschen danach noch aufrechterhalten? Welche Quelle der Freude und nicht des Zynismus? Das Wenige, was mich zu einem religiösen Glauben befähigt hätte, war damit endgültig ausradiert.

Tatsächlich war ich, ich habe es schon erwähnt, in dieser Hinsicht nicht begabt. Eine kleine Szene im Gefängnis bestätigte es mir. Der Anstaltsgeistliche las eines Morgens in einer Zelle eine Messe. Ungefähr zehn Häftlinge, die vor Kälte und Andacht zitterten, nahmen teil. Die Ergriffenheit war wahrhaftig, war greifbar. Unmöglich, ihr zu entgehen. Ich versuchte es auch nicht. Ich hatte einfach im Moment der Kommunion einen Impuls zurückzuweichen. Ich sagte mir: »Ich kann das nicht tun, ich glaube nicht daran ...« Und ich habe mich weggeschlichen. Nein, die Hilfe des Glaubens war nichts für mich.

Nach dem Krieg wurde ich von einem rasenden Pessimismus überwältigt. Rasend sage ich deshalb, weil ich von Natur aus optimistisch bin, ich bin einfach von einem unerschütterlichen Lebenswillen beseelt – und was ist das anderes als Optimismus? Der Beweis: Ich wollte ein zweites Kind. Wie eine Art Herausforderung an den Schrekken des Lebens.

Also heiratete ich einen sonderbaren Mann, T., der russischer Abstammung war mit einer Geschichte, die nicht tragischer oder weniger tragisch war als die vieler russischer Flüchtlinge, aber er hatte sie nur mühsam bewältigt und kompensierte seine Verzweiflung durch Humor. Er war schön, er konnte sprühend sein, wenn er sich Mühe gab, anstatt zu denken: »Was soll's?« Doch die Prüfungen des Lebens hatten seinen angeborenen Zynismus verstärkt.

Ich erinnere mich an ein Abendessen, bei dem er sechs Spargeln vom Ende her verschlang, weil eine junge Statistin, die an unserem Tisch saß, offensichtlich nicht wußte, wie sie mit den ihren fertig werden sollte. Sie folgte seinem Beispiel. Diese Verhöhnung war schändlich. Er gehörte zu den Menschen, die fähig sind, einen Blinden in einem Park auf eine frisch gestrichene Bank zu setzen.

Ich glaube, daß ihm viel an mir lag. Er machte mir jeden Sonntag ein Geschenk. Einmal war es ein Hündchen, das er extra aus Italien holte, weil dort die besten Boxerhunde gezüchtet wurden. Ein unwiderstehliches Hundebaby, das groß und stark wurde, aber nie aufhörte, sich wie ein Teenager zu benehmen. Er hieß Tchik. Wir mochten ihn beide sehr, so intelligent, schön und anhänglich wie er war. Als wir uns trennten, ließen wir ihm freie Wahl, dem zu folgen, dem er folgen wollte. Aber diese Trennung verwirrte ihn, er lief von einem zum andern. Schließlich blieb er bei mir. Doch er kam nicht darüber hinweg, seinen Herrn verloren zu haben, und brachte sich selbst um, indem er verhungerte. Das bereitete mir mehr Schmerz, als man wegen eines Hundes empfinden sollte. Aber ich liebte ihn, das war's, ich liebte ihn.

Was läßt sich noch über meinen Ehemann sagen? Er besaß den Sinn der Russen für Feste, wann immer sich Gelegenheit dazu bot. Er war der Charme persönlich; ein gutes Beispiel für den berühmten slawischen Charme, in den sich soviel Traurigkeit mischt. Er sprach alle Sprachen. Aber er war bei seiner Neigung, den Tag damit zu verbringen, Dostojewski auf Russisch wiederzulesen, nicht gerade ein stärkender Gefährte.

All das erwähne ich, um zu sagen, daß ich nicht die bestmöglichen psychischen Anlagen hatte, um mich einer Frauenzeitschrift Marke *France-Soir* zu widmen. Das Glück, immer das Glück, wollte es, daß ich sie zusammen mit Hélène Lazareff machen sollte, also mit der Person, die für metaphysische Ängste am wenigsten anfällig war. Sie hatte den Krieg nicht erlebt, sondern die Zeit in Amerika verbracht; sie stellte sich keinerlei Fragen über den Sinn des Lebens, sondern nur über die Art, wie es sich am angenehmsten verbringen ließ, und sie fühlte sich ernsthaft mit einer Mission beauftragt, was die Frauen betraf.

Die Mission hieß: Sie so schön, so verführerisch, so attraktiv wie möglich zu machen, um die Männer zu verführen und sie festzuhalten, Hélènes Meinung nach die Hauptaufgabe jeder Frau.

Dafür also setzte *Elle* sich mit Jubel ein. Und der frivole Teil in mir ließ sich tapfer auf diese Schiene ein. Was mir zweifellos sehr guttat. Dennoch habe ich, unverbesserlich wie ich bin, ein Mittel gefunden, einen Kampf hineinzuschmuggeln: einen diskreten, aber deutlichen Feminismus, in dem Hélène mir völlig freie Hand ließ, obwohl ihr nichts fremder sein konnte.

Das alles fruchtete, denn nach den Anfangsschwierigkeiten erlebte *Elle* einen großen Aufschwung. Ich habe dort außer Schreiben alles gelernt, was ich über meinen Beruf weiß. Das Schreiben lernt man nicht. Aber den Rest: die Technik, die Behandlung der Fotos, das Tempo einer Zeitschrift, ihren Hauch, das verdanke ich den fröhlichen Jahren, die ich an der Seite von Hélène Lazareff verbrachte, einer Goldschmiedin.

Und ich brachte ein reizendes kleines Mädchen zur Welt.

Das Alltagsleben im Kielwasser der Lazareffs war ein einziges Fest. Sie empfingen in ihrem Haus in Villennes viele Leute, ohne Umstände zu machen. Später spielte es sich in Louveciennes ab, und die Kellner wurden zahlreicher, aber das führte nicht dazu, daß diesen Empfängen etwas Pompöses anhaftete. Das »Russische« an Hélène und ihre angeborene Unordentlichkeit gewannen immer die Oberhand über die Verfälschung.

Über diesen Festen schwebte etwas Vergängliches, Provisorisches, als ob, sobald die Gäste sich zerstreut hätten, Gerichtsvollzieher kämen, um die Möbel zu beschlagnahmen. Pierre Lazareff, der Chefredakteur einer großen Zeitung, machte nie einen seßhaften Eindruck, sondern den, sich auf der Durchreise zu befinden, wo immer er war.

Er empfing die unterschiedlichsten Leute, Politiker der verschiedenen Regierungen, Schriftsteller, Künstler, hübsche Frauen als Zierde, auch herrenlose Hunde – gutmütig wie er war, empfing er sie inmitten dieser berühmten Leute. Die Mischung machte sich gut. Es war außerordentlich lustig.

Ich hatte die Gelegenheit, dort mehrmals einen Mann zu sehen, den ich anderswo getroffen hatte und der mich beeindruckte. Er war schön, sah aus, als ob er mit Tusche auf Papier gezeichnet worden sei, trug häßliche, schlecht geschnittene Anzüge, war ein blendender Redner, der in wenigen Sätzen einen gleichzeitig analytischen wie ganzheitlichen Geist verriet. Seine historische Bildung schien grenzenlos. Was er an Ehrgeiz zeigte, war anspruchsvoll. Ein Feuervogel. Es war François Mitterrand, damals um die dreißig Jahre alt.

Eines Tages ging er nach dem Essen ins Nachbarhaus, es gehörte Marcel Bleustein, um ein Tennismatch mit einem anderen Politiker auszutragen, mit Félix Gaillard, der ebenso jung und brillant war. Gaillard spielte besser Tennis. Aber Mitterrand war entschlossen, ihn zu schlagen, und seine Wut und Leidenschaft ließen ihn den Sieg davontragen. Ich dachte bei mir, daß seine Gegner, auf welchem Gebiet auch immer, ziemliche Schwierigkeiten mit ihm haben würden.

Ich habe ihn oft wiedergesehen. Er war weniger charmant als in späteren Jahren. Er hatte sogar etwas Undurchsichtiges an sich, was einen davon abhielt, ihm spontane Bekenntnisse zu machen. Ich glaube, daß es in Wirklichkeit Schüchternheit war, die er nie ganz verlor. Am Ende seines Lebens erzählte er, daß er immer zitterte, bevor er in der Öffentlichkeit das Wort ergriff. Und jeder konnte bemerken, daß seine ersten Worte immer unsicher waren. Diese Schüchternheit wirkte wie ein Schild, mit dem er sich schützte. Was seine erbitternde Fähigkeit zur Verspätung betraf, so hatte sie schon damals pathologische Züge. Alles lief so ab, als sagte er sich: »Man muß mich genügend lieben, um auf mich zu warten . . .« Eine Art unaufhörliche Rückversicherung.

Gleichzeitig konnte er von unerhörter Dreistigkeit sein. Das bewies er später, als er sich 1965 als Kandidat gegen de Gaulle präsentierte.

Ich sehe ihn noch in den Büros vom *Express*, wie er Mendès France seine Strategie erläutert. Mendès ein wenig im Schatten, wie immer voller Zweifel; Mitterrand schwungvoll, selbstsicher, voller Intuition.

Damals hatte er recht.

Mochte ihn Mendès France? Nein. Er war geblendet. Geblendet vom Talent zum Schriftsteller, vom Talent zum Redner. Wenn man ihm sagte, daß er ihm in dieser Hinsicht nichts neiden mußte, brummte er: »Doch, doch.«

Vor dem Ereignis von 1965 hatte Mitterrand mehrere düstere Erlebnisse. 1954 war er Innenminister unter Mendès France, als die sogenannte Fluchten-Affäre sich abspielte, bei der er beschuldigt wurde, den Rechenschaftsbericht der Sitzungen des höchsten Rats zur Nationalverteidigung den Kommunisten zugespielt zu haben. Die Affäre war zur Gänze von einer Clique rechter Polizisten inszeniert. Aber sie schadete. Erstens hütete sich Mendès France mit seinem Minister auch nur zu sprechen, bevor er sich ganz sicher war. Und Mitterrand hat ihm dieses Mißtrauen nie verziehen, was immer er später behauptete. Und zweitens mußte er kämpfen, sich gegen diese ehrenrührigen Anschuldigungen verteidigen. Zu der Zeit litt er unter Herzklopfen, unter kardialen Störungen, die von Nervosität verursacht wurden. Wenn er schnell ein Fenster öffnete, fürchtete man immer, daß er ohnmächtig würde. Während dieser fürchterlichen Tage, wo er unablässig das Szenarium einer gegen ihn geschürten Verschwörung aufbaute, sah ich ihn bei mir zu Hause mit Tränen in den Augen. (Oder war das später, während der Observatoriums-Affäre, diesem Scheinattentat, als ihm vorgeworfen wurde, er habe es selbst organisiert? Ich weiß es nicht mehr.) Meine kleine Tochter sah ihn höchst erstaunt an.

Ach, die Freundschaft mit Mitterrand war wahrhaftig keine Erholung! Glücklicherweise war da François Mauriac zuverlässig zur Stelle, ein standhafter Verteidiger. Je mehr man ihn angriff, desto hinreißender schien er mir durch seinen Mut, seine Unerschrockenheit. Aber es dachten nicht alle wie ich.

Rings um uns fing man an zu tuscheln: »Mitterrand ist nicht *sauber* . . . das ist ein Abenteurer . . .«

Schließlich kam 1958 die Algerienkrise, die Rückkehr de Gaulles und damit für die Generation von Mitterrand ein Ende der Spekulationen um die Zukunft, denn er zweifelte nicht daran, daß de Gaulle für lange Zeit bleiben würde.

Mendès France sagte: »Das wird wie Sedan enden.«* Womit er sich nur zur Hälfte täuschte: Es war nicht Sedan, sondern der Mai 68.

Mitterrand gab de Gaulle fünfzehn Jahre. Vor allem war der eine wie der andere erbittert über die Rückkehr im militärischen Troß, und beide erwarteten ein autoritäres, wenn nicht diktatorisches Regime. Mitterrand war wahnsinnig vor Wut. Mendès France ging sofort auf Distanz zu de Gaulle, der ihn zu sich bat, er weigerte sich hinzuge-

* Sedan steht für die Niederlage Frankreichs gegen Deutschland im Krieg von 1870. Außerdem durchbrach dort die Reichswehr im Mai 1940 einen wichtigen Frontabschnitt bei der Besetzung Frankreichs. (Anm. d. Ü.)

hen. Kurz, das Klima war nicht nach friedlicher Zusammenarbeit.

Auch ich spielte eine Rolle, auf die ich nicht sehr stolz sein kann. Mitgerissen von meinen beiden Mentoren und natürlich von J.-J. S.-S., glaubte ich, was sie alle mir versicherten; ich glaubte, daß de Gaulle den Militärkreisen hörig sein würde. Mir fehlte es an Urteilsvermögen.

Es begannen die langen Jahre, während denen der *Express*, der links verankert war, entschieden in der Opposition war, und von Beschlagnahmung zu Beschlagnahmung, von Zensurierung zu Zensurierung überlebte. Ich war nicht die am wenigsten boshafte in einer Crew, in der Jean Daniel und J.-J. S.-S. den Ton der Berichterstattung zur Algerienaffäre bestimmten. Ich konnte die Vorstellung, daß man dort im Namen Frankreichs folterte, welche Verbrechen auch immer die Gegenseite beging, nicht ertragen. Und das schrieb ich . . .

Ein Mann, den ich bewunderte, Jacques de Bollardière, zeigte den Weg.

Dieser Mitkämpfer de Gaulles seit 1940, dieser katholische Bretone mit dem Gesicht eines Kalmücken, hatte sich 1957 öffentlich über die Folter entrüstet. Er hatte, aus Solidarität mit J.-J. S.-S. – der beschuldigt wurde, die Moral der Armee zu schädigen – gefordert, seines Kommandos enthoben zu werden.

General de Bollardière war das lebende Bildnis kompromißloser Ehrhaftigkeit.

Man durfte keine Kompromisse eingehen. Selbst auf das Risiko der Beschlagnahmung hin.

Ich erinnere mich an einen Abend, an dem ich die Generalprobe zu *Tete d'or* besuchte. De Gaulle saß in der Präsidentenloge. Eine Schließerin kam, um mir mitzuteilen, daß ich dringend am Telefon verlangt werde. Ich stand auf – ich saß im ersten Rang – und fühlte den erstaunten und schockierten Blick de Gaulles auf mir. Ich trug einen roten Mantel, von einem schreienden Rot, und in diesem roten Mantel ging ich beschämt durch den ganzen Zuschauerraum, um zu erfahren, daß die neueste Ausgabe des *Express* beschlagnahmt worden war und daß man mich unverzüglich brauchte.

»Daß ich nie wissen werde, wie der Algerienkrieg beendet wurde!« Das war der letzte Gedanke, der mir durch den Kopf ging, bevor ich etwas schluckte, was ein Pferd getötet hätte.

Es war ein Sommerabend. Ich hatte an diesem Tag beschlossen, mich umzubringen. Die Umstände sind uninteressant. Man plant immer aus denselben Gründen einen Selbstmord: Man kann nicht mehr, das Leben ist zu hart, zu schwer, man hat sich in eine Situation verrannt, aus der man keinen Ausweg mehr sieht, ist mit einem Abbild seiner selbst konfrontiert, das man nicht erträgt.

Das war in meinem Fall so. Ich war an verschmähter Liebe zerbrochen. Unter Schock gestand ich mir dreißig Tage zu, um die Unordnung in meinem Kopf, die mich selbst anwiderte, zu überwinden. Ich wußte seit langem, daß außer körperlichem Schmerz alles vorstellbar ist. Aber ich kam nicht weiter.

Eins, zwei, drei, vier, fünf, sechs ... die dreißig Tage vergingen, ohne daß ich mich erholte. Also schritt ich zur Tat.

Zurückgewiesen zu werden passiert jedem Menschen das eine oder andere Mal, aber wenn dabei Verletzungen aus der frühen Kindheit wiederbelebt werden, kann das mörderisch sein. Man kann sich bis zu einem bestimmten Punkt verabscheuen; jenseits davon zerbricht man. Alle Gewalt, die ich seit der Kindheit in mir aufgestaut hatte, traf mich wie ein Bumerang.

Ich wurde dem Tod in letzter Sekunde von Arthur entrissen, wollte es erneut versuchen und wurde schließlich durch die tatkräftige Freundschaft von Jacques Lacan gerettet, der mir über drei Jahre den Kopf über Wasser hielt. Jahre, während derer ich vergaß, was das Glück zu leben bedeutet, ein langer, stachliger, dornenreicher Weg, auf der Suche nach meiner Wahrheit, mit der Wiedergeburt am Ende, von der eine günstig verlaufene Analyse gekrönt wird. Eine neue Person kommt nach dieser Prüfung zum Vorschein, noch zerbrechlich und voller Narben, aber ausgesöhnt mit sich selbst.

Ein Selbstmord, ob er gelingt oder nicht, ist immer eine außergewöhnliche Geste. Der- oder diejenige, die beschließt, sich zu töten, meint es immer ernst, auch wenn es seine Art ist, um Hilfe zu rufen. Es gibt einen Selbstmord aus Spaß, aber er ist selten und ablehnenswert. Im Schmerz des Selbstmordkandidaten steckt immer etwas wirklich Unerträgliches, stark genug, um den Überlebenswillen zu brechen.

Erfordert es Mut? Bewiesen Hemingway oder Montherlant Mut, indem sie ihr Leben verkürzten? Zweifellos. Den Mut, vor einer Zukunft, die sie ablehnten, zu flüchten. Das ist die heldenhafte Art des Selbstmords. Aber ihre Geste unterscheidet sich nicht wesentlich von der eines Mannes, der sich in einer ausweglosen finanziellen Situation eine Kugel in den Kopf jagt. Es handelt sich immer darum zu entkommen.

Eine Sache ist es, mit der Idee vom Sterben in einer schwierigen Situation zu liebäugeln – wem ist das nicht passiert? –, aber eine andere ist es, zur Tat zu schreiten, sich eigenhändig aus der Welt der Lebenden zu streichen. Vielleicht muß man die Tat begangen haben, um alles Gewicht des Schmerzes bewerten zu können.

Mir hat sie eine Gewissenslast hinterlassen: den Schock,

den ich meinen Kindern, meinem versteinerten Sohn, meiner stummen Tochter, und Douce, die die Fassung verlor, bereitet habe. Aber was ich dadurch über mein Leiden und zusammen mit der Analyse gelernt habe, ist eine unauslöschliche Erfahrung, die mich, glaube ich, besser gemacht hat, weniger hart den anderen und nebenbei auch mir gegenüber. Bescheidener. In meinen Augen habe ich mein wahres Gesicht gezeigt.

Zum Glück ist diese Kur abgelaufen, ohne mich in der Arbeitsfähigkeit zu beeinträchtigen. Nachts weinte ich; tagsüber machte ich eine heitere Miene. Und dann kehrte langsam meine Lust am Leben wieder, noch schüchtern und frisch, wie ein Frühlingsmorgen.

Ich war von mir selbst geheilt.

Bei der Zeitung war das Leben gefährlich geworden. Wir wurden von Attentaten bedroht. Eins davon forderte eine Schwerverletzte beim *Observateur.* Die Türen wurden verriegelt. Man mußte sich ausweisen, um hineinzukommen. Wachtposten beschützten uns. Die OAS* tobte in Paris, als in meiner Wohnung Sprengstoff explodierte und von Grund auf alles zerstörte, das Treppenhaus völlig ausriß. Durch ein Wunder war meine Tochter an diesem Tag nicht zu Hause.

Schließlich wurde eines Tages Friede. Zu diesem Zeitpunkt verlor der *Express* die Mitarbeit von Jean Cau, der zum Thema Algerien urplötzlich die Meinung änderte. Er war eine rätselhafte Persönlichkeit, mit vielen Talenten, aber ebenso vielen Komplexen aller Art. Wir hatten ihn dennoch gut und rücksichtsvoll behandelt, seit Sartre uns gebeten hatte, ihn einzustellen, aber er war feindselig geworden. Das ist seine Geschichte.

* Organisation de l'Armée Secrète (bestand von ca. 1960–62). (Anm. d. Ü.)

Dann kam 1965 die Präsidentschaftswahl, von der ich gesprochen habe, in der François Mitterrand den Beweis eines wahren politischen Genies lieferte, indem er die Kräfte der Linken gegen jedermann vereinigte und so General de Gaulle in eine Stichwahl trieb.

Der junge Mann aus Villennes hatte einen gehörigen Sprung gemacht. Er war ein etwas korpulenter Vierziger geworden, weniger schön als ehedem, aber immer noch laut, immer noch verführerisch für die Frauen, hinter denen er unablässig her war. Er lebte weiterhin mit den Augen auf seinen Polarstern gerichtet: die Macht.

Ich sah ihn in dieser Zeit seltener. Im *Express* waren wir völlig mit der Umstellung von der Zeitung zur Zeitschrift beschäftigt. Mit beachtlicher Umsicht hatte J.-J. S.-S. erkannt, daß der *Express*, ein Kampforgan, einer politisch beruhigten Situation, in der die Wirtschaft die Hauptrolle spielen würde, nicht mehr entsprach. Also wurde am Erscheinungsbild der Zeitung alles, inhaltlich nur ein Teil verändert. Und ich fand mich beim Umschreiben ganzer Nummern wieder, um dem Heft den Stil aufzudrücken, den J.-J. S.-S. sich vorstellte. Aber die Mitarbeiter fügten sich schnell ein, und ich konnte bald wieder meinen wöchentlichen Leitartikel schreiben.

Ich erlebte diese Umstellung als traurig, obwohl ich sie billigte. Es war eine Überlebensfrage für die Zeitung. Aber sie würde für mich nie wieder den berauschenden Reiz unserer Anfänge haben. Doch es hieß vorwärts schauen und nicht zurück, ich wiederholte mir das jeden Tag, selbst wenn es entsetzlich war, in dieser Umwälzung die Mitarbeit von Jean Daniel zu verlieren, der eine der Stützen des frühen *Express* gewesen war. Aber Jean war nicht dafür geschaffen, lange Bevormundung zu ertragen, und die von J.-J. S.-S. war nicht zu knapp. Er gründete erfolgreich sein eigenes Blatt, das sich *Le Nouvel Observateur* nannte. So geht es im Leben.

Wenn ich an diese zwei Abschnitte, den bei *Elle* und den beim ersten *Express,* zurückdenke, habe ich, unter beruflichen Gesichtspunkten, nur glückliche Erinnerungen. Mit angespannten, schwierigen Situationen, in denen ich mich aber stark und nützlich fühlte.

Nur ein mächtiger Schatten verdunkelte den Alltag beinahe laufend: mein Sohn. Seine Ausreißereien, seine Rausschmisse aus der Schule, dem Gymnasium, dem Internat, die wegen nichts und wieder nichts gebrochenen Beine und Arme, die mich zwangen, ihn zu Hause zu behalten.

Er, mein armer kleiner Junge, hätte einen Schutzengel gebraucht, ein wenig Glück. Statt dessen verschwor sich alles gegen ihn.

Am Tag seiner ersten Kommunion war ich im Spital, war am Vortag wegen einer grausigen Geschichte in höchter Eile operiert worden.

Der Chirurg hatte mir gesagt: »Treffen Sie Ihre Vorkehrungen, Sie könnten tot aufwachen.«

Ich habe überlebt, aber um ihn in heiterem Ton hören zu müssen: »Sie können jetzt ruhig sein, Sie können kein Kind mehr bekommen.« Ruhig! Verstümmelt, ja, der Narr!

Kaum aus der schweren Narkose aufgewacht, war ich unfähig, einen Fuß auf die Erde zu setzen. Das ist nur einer jener Momente, in denen Alain sich einmal mehr abgelehnt fühlte. Verlassen.

Im Lauf der Jahre wurde er immer härter. Mein Mann, der ihn liebte, hatte aufgegeben, ihn bessern zu wollen, und warf mir meine Schwäche vor. War ich schwach? Ja, ich war es, im Verhältnis zu meiner Schuld. Ich ertrug dieses düstere Unglück nicht, in dem er gefangen war, weil ich fühlte, daß ich die wichtigste Ursache dafür war. Tatsächlich hat er mir sogar viel später, als er ein junger, eher blendender Mann geworden war, den die Frauen liebten, niemals verziehen. Und eine ganze Seite meines Lebens wurde davon dauerhaft verdüstert.

Zum Ausgleich war die andere Seite befriedigend, selbst wenn ich nie aufhörte, hinter jedem Groschen herzurennen. Meine Beziehung zum Geld war nie gesund. Es stört mich. Ich will nicht wissen, daß es existiert. Es zerrinnt mir zwischen den Fingern. Ich kann es verdienen, ich kann es ausgeben, ich kann es nicht sparen, noch weniger es einteilen. So geht es denen, die als Kind darauf verzichten mußten. Sie werden geizig oder verschwenderisch, nie vernünftig. Auch da war nicht weniger als eine Analyse notwendig, um mich ein wenig zur Vernunft zu bringen.

Also hatte ich, da ich immer knapp bei Kasse war, in der Zeit bei *Elle* zusätzliche Arbeiten angenommen, um über die Runden zu kommen, wie man sagt. Obwohl ich gut bezahlt wurde. Es kam der unheilvolle Moment, in dem ich nach sieben Jahren enger Zusammenarbeit Hélène mitteilen mußte, daß ich sie verlassen würde. Das war entsetzlich. Nicht daß sie mich nicht entbehren konnte, darum ging es nicht. Ich gehörte ihr. Ich war ein beträchtlicher Bestandteil ihrer Gefühlswelt. Indem ich wegging, verletzte ich ihre Liebe. Und weshalb verhielt ich mich so nichtswürdig? Um eine andere Zeitung zu machen? Das war der Gipfel.

Hélène litt. Sie litt wirklich, und das betrübte mich. Sie versuchte alles, um mich davon abzubringen. Sie ging zu meiner Mutter, um ihr meine Unüberlegtheit klarzumachen: ein mächtiges Presseimperium verlassen, um ein mehr als unsicheres Abenteuer zu wagen! Sie war böse, hinterlistig, grausam, schmeichlerisch und, um zum Ende zu kommen, machtlos.

Ich hatte J.-J. S.-S. getroffen, und wir hatten beschlossen, zusammen eine neue Zeitung zu gründen. Sie war noch im Werden, aber wir wußten, was sie sein sollte: ein Kampforgan mit dem Ziel, Pierre Mendès-France an die Macht zu bringen.

Das Schöne ist, daß sie das Licht der Welt nach Schicksalsschlägen erblickte, die man für entmutigend hätte halten können, aber wir waren verliebt, und das verleiht Flügel.

Die Anfänge des *Express* vollzogen sich nicht im Luxus. Drei Räume, davon einer drei Quadratmeter groß, den ich mit J.-J. S.-S. teilte, eine Handvoll Mitarbeiter, von denen die meisten keinerlei Presseerfahrung hatten. Aber es ist gut, wenn Zeitungen bei ihrem Entstehen auf dürftiger Basis stehen. Sie sind dafür um so lebendiger.

Die erste Nummer des *Express* erschien im Mai 1953, zwölfseitig und in damals ungewöhnlichem Format: die Hälfte einer Tageszeitung. Mit Ausnahme eines Gesprächs mit Mendès-France verdankte sie den ganzen oder beinahe den ganzen Inhalt J.-J., das Erscheinungsbild meinen fixen Ideen über Typografie, Satz und Stil der Zeitung, von der ich träumte. Eleganz und Strenge. Eine übermäßige Strenge übrigens, die später gemildert wurde . . .

Was für eine Geschichte! Anfangs erschienen alle Artikel unsigniert, um die Freiheit zu bewahren, Texte, die im allgemeinen von hohen, glänzenden, aber manchmal unbekannten Beamten verfaßt wurden, umzuschreiben. Wir wollten Information, Prägnanz, Rhythmus, Inszenierung, eben Journalismus!

So passierte es mir, daß ich ganze Nummern umschreiben mußte. Ich arbeitete an den Abenden der Endredaktion zehn Stunden am Tag und bis drei Uhr morgens. Es war der reine Wahnsinn. Heute, wenn ich mich im Spiegel betrachte, sage ich mir: Vier von fünf dieser Falten verdanke ich dem *Express*. Aber es gab jede Woche die Entschädigung . . .

Der erste »Coup« des *Express* war die Veröffentlichung der geheimen Verständigung Ely/Salan – zweier Generäle – über Indochina, wo der Krieg andauerte. Die Zeitung wurde beschlagnahmt. Weltsensation. Es war das erstemal, daß unter einer Regierung der Republik eine Zeitung beschlagnahmt wurde.

Hausdurchsuchung in der Redaktion. Plötzlich fiel mir ein, daß sich in einem Ordner ein für Salan kompromittierender Brief befand. Was tun? Ich nahm den Ordner, gab mir einen möglichst treuherzigen Anschein und fragte den Inspektor, der überall herumwühlte: »Darf ich diesen Ordner nehmen, mein Herr? Ich brauche ihn für die Arbeit.« Er hielt mich für eine Sekretärin, sah kaum hin und sagte: »Selbstverständlich, mein Fräulein.« Ich entfernte mich ruhig und husch! verschlang ich den kompromittierenden Brief. Das war ein toller Moment.

Der Widerhall der Beschlagnahmung auf den Ruf der Zeitung stellte sich umgehend ein. Der Verkauf stieg rasant.

Der *Express* war aus seiner »Bastelphase« heraus und verfügte bereits über eine zwar kleine, aber gute Mannschaft versierter Journalisten – darunter während des Algerienkriegs François Mauriac, unter allen sehr wertvoll, wenn er seine guten Stunden hatte. Um J.-J. einen womöglich tödlichen Schlag zu versetzen, hatte der Verteidigungsminister, Maurice Bourges-Maunoury, sich ausgedacht, ihn nach Algerien einzuberufen. Das war klug eingefädelt. Was sollte aus mir während dieser so gefährlichen Zeit werden? Für mich war die Politik damals wie eine Fremdsprache: Ich verstand sie, aber ich konnte sie nicht sprechen. Noch weniger schreiben. Vielleicht stünde ich ohne den Druck der Umstände noch immer an diesem Punkt. Als ich einen politischen Leitartikel redigieren mußte, um meine Rolle als Direktorin zu behaupten, schrieb ich ihn um den Preis qualvoller Anstrengung. Mendès-France sagte mir: »Er ist gut«. Und meine Hemmung verschwand.

Ich muß sagen, daß im Gegensatz dazu, was sich im allgemeinen in den menschlichen Gemeinschaften abspielt, wo die Mäuse tanzen und alles kreuz und quer geht, wenn die Katze aus dem Haus ist, das Kollektiv im *Express* in dieser Zeit nie versucht hat, mich in eine schwierige Lage zu bringen. Im Gegenteil. Allen voran François Mauriac. Nicht daß er mir große Zuneigung entgegengebracht hätte. Er mochte Frauen nicht, diese Schnatterliesen, aber er dachte, daß ich mein Handwerk beherrschte. Was mich betraf, so bewunderte ich ihn. Die Art, wie er unbefangen eine knallige Mischung handhabte, den Schrei und das Gemurmel, die Wut und den Seufzer, die Neuigkeit, die aufpulvert, und das Ewige, das beruhigt, das Geflüster und der Verweis, der feurige »Mendèsismus«, der überströmende Gaullismus, diese Kunstfertigkeit betörte mich.

Das Geheimnis von Mauriac war, daß er den Journalismus nie für eine minderwertige Gattung hielt. Als er damit anfing, um für seinen Lebensunterhalt zu sorgen, war es für ihn kein Bastard aus Literatur und Notwendigkeit, sondern eine Ausdrucksweise, die ihre eigenen Gesetze hat: Spannung, Prägnanz, Distanz, ein offenkundiger und subtiler Zusammenklang mit dem Zug der Zeit . . . Wer aufgestachelt von dem oder dem Ereignis einmal oder zweimal im Jahr eine Enzyklika verfaßt, ist kein Journalist. Er selbst hat geschrieben: »Ich beschloß, daß ich im kleinsten Artikel so vollkommen wäre wie Picasso in einer einzigen seiner Zeichnungen.« Er hatte herausgefunden, wie man am besten über andere sprechen kann: indem man über sich spricht.

Um niemandem die Sorge aufzubürden zu entdecken, er selbst sei sein eigenes Lieblingsthema gewesen, schreibt er in seinen *Bloc-Notes* wiederholt: »Tod: das einzige meiner Abenteuer, das ich nicht kommentieren werde.«

Er war an Erfolg gebunden. (»Ich bin nicht für den Mißerfolg geschaffen«) und erhielt dank des *Express* seine wöchentliche Dosis, die ihn jubeln ließ und scharf machte wie eine Rasierklinge. Es war Haß, der ihn zu dem vortrefflichen Wort inspirierte: »Ich hatte keine Feinde, als die anderen mir gleichgültig waren.«

Zu allem Überfluß war er charmant. Ein Feinschmecker wie eine Katze, ein Schelm, die Witze sprudelten geradezu aus ihm, grausam natürlich, und dann hielt er die Hand vor den Mund, um sich zum Schweigen zu bringen. Eine Abendgesellschaft mit ihm war ein Festessen.

Man kann sich vorstellen, wieviel er uns bedeutete und wie ich mich bemühte, daß er sich in Abwesenheit von J.-J. nicht verwaist fühlte. Aber er hatte das Feingefühl, ihm zu schreiben: »Seien Sie unbesorgt. Unsere kleine Chefin kommt sehr gut zurecht.«

Ich zog oft Mendès-France zu Rate. Er war immer liebevoll und aufmerksam für meine Sorgen. Aber er war kein Journalist, und es ging darum, Woche für Woche eine Zeitung zu machen. Als offensichtlich wurde, daß die finanzielle Situation des *Express* bedenklich wurde, überlegte ich: Geld auftreiben? Dazu war ich unfähig. Andere Lösung: den Preis des Heftes erhöhen. Das war nicht ohne Risiko. Ich nahm es auf mich, aber ich versah jede Ausgabe mit einer dicken Beilage: die Expedition von Suez, der Aufstand in Budapest bescherten uns Texte ersten Ranges, besonders von Sartre. Und die Operation »Preiserhöhung« gelang. Um die Wahrheit zu sagen, mir war mulmig gewesen.

J.-J. bat mich, ihn in Algerien zu besuchen. Er war in der Gegend von Rivet stationiert, wo man jeden Tag einen neuen tödlichen Hinterhalt für die Franzosen ankündete. Ein Taxi setzte mich bei der Kirche ab, wo wir uns verabredet hatten. Es ging darum, daß man mich möglichst nicht sah. Sein Hauptmann, Léon Delbecque, der später eine Stellung als kleine Berühmtheit erringen sollte, schätzte meinen Besuch gar nicht.

J.-J. führte mich in die Nähe einer Art Krankenhaus – oder vielleicht war es eine Kaserne, ich weiß nicht mehr –, stieß mich unter ein Portal, gab mir einen Revolver in die Hand und sagte: »Warten Sie auf mich. Wenn sich etwas bewegt, schießen Sie . . .« Endlich kam er zurück und brachte mich in sein Zimmer, wo ich schnell eintrat, um der Aufmerksamkeit des Hauptmanns zu entgehen. Dort haben wir, mit dem Revolver in der Hand, geschlafen. Eine seltsame Liebesnacht.

Aber dieser Blitzbesuch tat uns beiden wohl. Ich kam gestärkt nach Paris zurück und entschlossener denn je, den *Express* über Wasser zu halten und J.-J., wenn er zurückkam, eine gut geführte Zeitung zu übergeben. Er zweifelte nicht an mir, das war die beste Anregung.

Ein Mann half mir in diesen schwierigen Zeiten durch seine Freundschaft: Jean Riboud. In der Öffentlichkeit wenig bis gar nicht bekannt, gehörte er doch zu den großen Industrieunternehmern und war mit J.-J. befreundet und mit Mendès-France, den er verehrte, sehr vertraut. Später übertrug er diese Verehrung auf François Mitterrand.

Dieser großartige Bourgeois aus Lyon war eine außergewöhnliche Persönlichkeit. Mit zwanzig ging er in den Widerstand und kam schließlich aus der Deportation in seinen politischen Überzeugungen gefestigter denn je mit zerlöcherter Lunge zurück. Er heiratete eine Inderin, die einer hohen Kaste angehörte. Dann machte er in der Industrie eine steile Karriere.

Aber seine Leidenschaft lag anderswo. Er liebte die feinste Kunst und die besten Künstler. Wie viele hat er unterstützt: Rosselini, Henri Michaux, Max Ernst, Henri Langlois . . . So sehr, daß ich, als es Mitte der siebziger Jahre darum ging, einen Präsidenten für das Centre Pompidou zu wählen, ihn mit Zustimmung von Giscard den Posten vorschlug. Er hätte ihn fürs Leben gern angenommen, aber der Bourgeois aus Lyon in ihm behielt die Oberhand. Er verweigerte sich.

Er war mir seit der Zeit, in der J.-J. in Algerien gewesen war, sehr lieb und wert, ich hatte die Zuverlässigkeit und Feinfühligkeit seiner Unterstützung erlebt. Kein Tag verging ohne Anruf, keine Woche, in der er sich nicht davon überzeugte, daß an allen Fronten alles in Ordnung war.

Später, als ich eines Tages auf dem Land zum Essen bei ihm war, sagte ich, während wir über eine große Wiese spazierten: »Ich kann nicht mehr. Ich werde mich umbringen.« Ich schätzte es sehr, daß er nichts antwortete. Zwischen uns war kein Platz für Banalitäten.

Viel später war Jean Riboud aus dem Hintergrund einer der Berater von François Mitterrand. Er wünschte ihm leidenschaftlich Erfolg, aber der Schmerz, Tapie im Elysée zu sehen, blieb ihm erspart. Er ist unter entsetzlichen Leiden an Krebs gestorben. Jean Riboud ist in jeder Hinsicht der attraktivste Mann, den ich kennengelernt habe.

Ich muß der Vollständigkeit halber noch hinzufügen, daß er bei Schlumberger zwar Chef war, aber nicht der Eigentümer. Die Aktienmehrheit lag nicht in seinen Händen. Vielleicht konnte ihn deshalb das Geld nie korrumpieren.

Man wird verstehen, daß ich Leute mit Geld nicht besonders mag. Insbesondere mag ich das nicht, was sie mit den anderen treiben. Bettvorleger. Schlimmer noch: willige Bettvorleger.

Unter anderen Beispielen erinnere ich mich daran, wie Pierre Lazareff mit leerem Magen vor Marcel Boussac saß, von dem er sich nichts erwartete, aber dessen Reichtum ihn buchstäblich faszinierte, wie er übrigens alle faszinierte. Der Reiche, der wirklich Reiche verdirbt, das ist eine Tatsache. Man darf sich von ihm nichts erhoffen, außer daß er einem beim Weggehen noch die Zigaretten abnimmt, aber was soll's. Er unterjocht. Wer sich ihm nähert, wird so lange verblüfft, bis er darüber seine Würde verliert.

An jenem Tag ging es bei Tisch um die Frage, daß Boussac nach Dior ein anderes Modehaus finanzieren wollte. Ich bemerkte, daß er sich meiner Meinung nach verrannte. Ach! hätte ich das bloß nicht gesagt. Lazareff wurde knallrot; Boussac äußerte eine scharfe Entgegnung; die anderen Anwesenden steckten ihre Nase in den Teller.

Später warf Lazareff mir vor: »Was ist denn über Sie gekommen? Haben Sie denn nicht verstanden, daß Sie ihn verstimmen würden? Man spricht nicht so mit ihm!«

Ich mußte versprechen, daß ich so etwas nie wiederholen würde, wenn ich zum Essen bei einem Milliardär geladen wäre.

Kleine Befriedigung: Die Zukunft hat meine Prognose bestätigt; sein zweites Modehaus war ein Mißerfolg.

Endlich kam J.-J. aus Algerien zurück, und wir richteten unser Gespann nahtlos wieder ein.

Man fragt mich oft: »Aber wie konnten Sie solange zusammen arbeiten, da doch Ihre private Beziehung auseinanderging?«

Ich weiß es nicht. Es waren zwei unterschiedliche Bereiche. Unsere Trennung nach zehn Jahren hat mich zerschmettert. Die anschließende Analyse hat mich zutiefst verändert. Dennoch blieb etwas Untergründiges lebendig. Einvernehmen, Komplizenschaft, gegenseitiger Respekt, Lust, etwas zusammen zu machen. So sehr, daß wir nach einem Zwischenspiel von einigen Monaten und trotz dringlicher Ratschläge, die wir alle beide bekamen, unsere Zusammenarbeit aufs neue begannen. Sie war harmonisch. J.-J. führte sein stürmisches politisches Leben. Ich hütete das Haus.

Die Krise im Jahre 58 erschütterte uns beide, so wie wir gegen das Militär eingestellt waren. Die Ereignisse in Algier waren zumindest beunruhigend, der Putsch wahrscheinlich. Michel Debré hatte dazu aufgerufen, sich »zu Fuß oder im Auto« zu widersetzen, die Stadt war in Aufruhr.

Während dieser Tage voll Angst und Unsicherheit läutete eines Nachts um zwölf das Telefon bei mir. Es war Lucien Rachet, ein eingefleischter Gaullist, der mich warnte: »Die Fallschirmspringer werden heute nacht landen. Bleiben Sie nicht zu Hause. Sie stehen auf der Liste derer, die unverzüglich verhaftet werden. Achtung: Ihr Telefon wird abgehört.«

Was tun?

Ich steckte eine Waffe in meine Jacke und beschloß, bei

Douce zu schlafen. Am nächsten Tag sah man keine Fallschirmspringer. Es hatte sich um eine Einschüchterungsmaßnahme der Gaullisten gehandelt, die um den General herum Einigkeit erzwingen wollten.

Das blieb aber ohne Erfolg in unseren Kreisen, wo das Mißtrauen extrem stark war. In der berühmten Pressekonferenz, während der die Formulierung fiel: »Mit siebenundsechzig wird man kein Diktator«, schien allein François Mauriac erschüttert. Ich saß neben ihm und fühlte seine Unruhe. Das war der Köder für den Riß, der ihn schließlich vom *Express* trennen würde.

Zehn Jahre später würde de Gaulle von den Aufständischen des Mai 68 in Schwierigkeiten gebracht werden ...

Es wurde zu einem gewaltigen Kraftakt, damals eine Zeitung zu machen. Es gab keine Druckereien und keine Verteilerdienste mehr. Auf das Erscheinen verzichten? Niemals! Eine Zeitung verzichtet nicht darauf zu erscheinen. Wir ließen in Belgien drucken. Und einige von uns fanden sich bei strömendem Regen auf der Straße wieder, um unsere Zeitungen selbst zu verkaufen. Ich erinnere mich noch an ein pikantes Detail: Ich hatte für diese Tätigkeit eine Hose angezogen und erschien in diesem Aufzug bei einem Abendessen, wofür ich mich in Entschuldigungen förmlich überschlug. Eine Frau in Hosen war in Paris im Jahre 1968 noch eine Unschicklichkeit!

In der Redaktion war das Unterste zu oberst gekehrt, aufgerüttelt durch eine Passionaria, die Revolution machen wollte. Claude Imbert, der von Natur aus ein gemäßigtes Wesen hatte, war von den Überschriften schockiert, die J.-J. für die Titelseite erfand. Aber, um zum Ende zu kommen, unser Haus war weniger gebeutelt als andere, und die Arbeit ging bald wieder den normalen Gang.

Ich habe das Gefühl, die Erschütterungen vom Mai 68

bis ins Mark gespürt zu haben. Nicht den bedrohlichen und verwirrenden politischen Aspekt, den ich nicht besser als andere durchschaute, sondern den anarchistischen Zug. Die Autorität zerschlagen, Herrschaftsansprüche brechen, atmen, ach! wie hätte man den mächtigen Strom, der überall, besonders unter den Frauen, durchzog, nicht spüren sollen!

Es war witzig, während dieser Tage der Unruhe plötzlich ruhige kleine Damen die Fahne der Revolte schwingen zu sehen. Witzig und bezeichnend. Manche dieser kleinen Bomben sind dann mit mörderischer Gewalt explodiert.

Die politische Revolution wurde versäumt – außer daß de Gaulle vertrieben wurde, um von Pompidou beerbt zu werden, was ja nicht erklärtermaßen das Ziel gewesen war. Die kulturelle Revolution hingegen war bis hin zur Kleidung von solcher Tragweite, daß man heute, zwanzig bis dreißig Jahre später, kaum ihre Wirkung auf die Sitten und die Gesamtheit der Gesellschaft abschätzen kann. Als erstes geschah vielleicht, daß von da ab jeder »sich äußern« und »berücksichtigt« werden wollte, was nicht wenig ist. Hier und da gewann die Autorität schnell wieder ihr Terrain, aber mit Blei in den Flügeln. Etwas Tiefgreifendes hatte sich in den Beziehungen zwischen Herrschenden und Beherrschten verändert.

In dieser bewegten Phase hatte ich Gelegenheit, mit Herbert Marcuse zu sprechen. Dieser marxistische Philosoph, der bis dahin den meisten, von ganz wenigen Ausnahmen abgesehen, unbekannt gewesen war, genoß unter den Studenten plötzlich ungeheures Ansehen. Er verkündete, daß die technische und wirtschaftliche Entwicklung der Industriegesellschaften schuldig an der Herabsetzung des Individuums und an der Zerstörung seines Willens zur Revolte war.

Er hielt sich in Südfrankreich auf. Dort besuchte ich ihn in Begleitung eines Fotografen. Als erstes schnauzte er uns an. Weshalb brauchten wir zwei Autos . . .? Haargenau der Dreck des vorgeblichen Fortschritts . . .

Er fing an, meine Fragen zu beantworten, als seine Frau auftauchte. Eine Xanthippe. Sie fiel ihm ins Wort, machte sich über meine Fragen lustig, tat, als ob sie das Denken des Meisters in Besitz habe . . . Der blieb still, völlig dominiert . . . Ich dachte für mich: »Der arme Mann!«, und da ich mit einem Interview mit Frau Marcuse nichts anfangen konnte, verkürzte ich es.

Soviel ich weiß, ist die Anziehungskraft Marcuses so verflogen, wie sie entstanden ist. Er hat also weder dieses Übermaß an Ehrerbietung noch diese Niederträchtigkeit verdient.

Der Abgang von de Gaulle hat mich umgeworfen.

Wie alle oder beinahe alle Franzosen meiner Generation hatte ich zum General eine intensive Beziehung seit den Tagen, als ich aus einer Zelle in Fresnes ohne Rücksicht auf meine Wächter »Es lebe de Gaulle!« hinausschrie, und der Schrei quer durchs Gefängnis ging. Meine Mitgefangenen und ich vertrauten auf ihn. Er war das Symbol unserer Aufsässigkeit gegen das düstere Schicksal unseres Landes. Ein Held mit magischem Namen.

Mit dem Frieden verschwand de Gaulle in meinen Augen aus der Mythologie. Der Machtmensch trat an die Stelle des Helden. Er machte wie alle anderen Politik. Der Zauber war dahin.

Zweifellos waren der Held und der Machtmensch untrennbar verbunden, da sie demselben Ehrgeiz entsprangen. Aber ersteren beseelte Wahnsinn, ein überlegener Wahnsinn. Eine beispiellose Art zu sagen: »Ich verkörpere Frankreich, und Frankreich ist aufrecht, weil ich aufrecht bin.« Pragmatismus, Verschlagenheit, Gerede. Man könnte bewundern, wie er diese Fähigkeiten zu benutzen wußte, die Art, wie er seine Rückkehr 1958 einfädelte, man könnte erwägen, daß es trotz der bekannten Proteste keine bessere Art gab, die Unabhängigkeit Algeriens zuzulassen, man könnte mit seiner Außenpolitik einverstanden sein, aber wie soll man nicht rasend werden, daß er sich soweit von Europa entfernt hat, als er die Mittel gehabt hätte, seinen Aufbau zu beschleunigen? Wie soll man nicht feststellen, daß er die Regierung des Landes Premierministern anvertraute, die im Konservatismus versanken, die blind waren für die Überholtheit unseres Bildungssystems wie unserer Produktionskraft? Warum nutzte er sein Ansehen nicht, um wenigstens einige der tödlichen Starrheiten unserer Gesellschaft zu lockern! Vielleicht entwischte ihm die moderne Welt . . . Das Genie im Ausdruck, der Gang, der Stil konnten das alles nicht verbergen.

Und dann hatte er diesen erstaunlichen, wunderbaren Abgang . . . Und aufs neue habe ich ihn vorbehaltlos bewundert.

Mit seinem Nachfolger Georges Pompidou waren die Dinge dagegen ganz anders. Er war schlicht und einfach konservativ, da war kein Irrtum möglich. Man konnte fest in der Opposition verankert sein.

Der Mann war nicht unsympathisch. Er hatte Kraft, er liebte das Leben und, erstaunlicherweise, die zeitgenössische Kunst. Er hatte im kleinen Speisesaal im Elysée auf einer Staffelei ein kleines Gemälde aus dem 18. Jahrhundert anbringen lassen. Als ich ihn fragte weshalb, antwortete er: »Um zu beruhigen.« Die zu beruhigen, die sein Geschmack auf dem Gebiet der Malerei wie eine grobe Ungehörigkeit verstörte.

Als nach zwei oder drei »Grippeerkrankungen« das Gerücht einer schwereren Krankheit zu kursieren begann, wurde schnell klar, daß er gesundheitlich angegriffen war. Aber wodurch? Ein geheimnisvolles Übel, das nie festgestellt, sorgsam geheimgehalten und im übrigen verleugnet wurde.

Als er von seinem Treffen mit Nixon in Rejkjavik zurückkam, versammelte er einige Journalisten bei einem Essen. Während wir auf ihn warteten, plauderten wir.

»Worüber sprachen Sie«, fragte er und ließ sich in einen Sessel fallen.

»Wir sagten, daß Nixon gezwungen sein wird zurückzutreten . . .«

»So ist es«, sagte Georges Pompidou sarkastisch. »Nixon wird zurücktreten, und ich werde sterben!« Dann stellte er sich unseren Fragen.

Einige Tage später bat mich ein Freund, ein angesehener Arzt, um eine Verabredung.

»Pompidou hat eine seltene und tödliche Krankheit«, sagte er. »Sein Zustand kann sich nur verschlechtern. Ich glaube zu wissen, daß er selbst nicht darüber informiert ist. Ich kann mich als Bürger nur gegen eine Situation verwahren, in der man die Staatsgeschäfte in den Händen eines Kranken läßt, der starke Medikamente bekommt. Man muß etwas unternehmen.«

»Was wollen Sie tun?«

»Sie kennen alle. Man muß jemanden alarmieren, der ihm nahe genug ist, um mit ihm zu reden.«

»Aber Sie wissen, daß er hinter einer Sperrmauer sitzt.«

»Man muß sie durchbrechen. Das ist eine patriotische Pflicht. Verstehen Sie?«

Ich verstand.

»Darf ich Ihren Namen nennen?«

»Sie dürfen.«

Er ließ mich verwirrt und ratlos zurück. In was sollte ich mich da einmischen? Ich mußte mich zusammenreißen, wie man sagt, um eine Verabredung mit Michel Debré zu vereinbaren.

Bei meinen ersten Worten sagte er:

»Ich weiß. Es ist tragisch, und wir sind dieser Tragödie gegenüber machtlos.«

»Haben Sie versucht, mit ihm zu sprechen?«

»Es ist unmöglich. Er ist taub auf diesem Ohr. Aus Achtung vor der menschlichen Würde muß man schweigen.«

Er schien am Boden zerstört, verfolgt vom Bild des Königs, der nicht ahnt, daß er sterben muß, und der umgeben von stummen Getreuen noch immer die Zügel des Staates in den Händen hält. Wer war ich, daß ich ihn noch mehr quälen wollte?

Ich verabschiedete mich und ließ ihn bestürzt zurück.

Zwei Monate später starb Georges Pompidou unter grausamen Leiden, ohne jemals erfahren zu haben, daß er tödlich getroffen war.

Insgesamt verbrachte ich beim *Express* 21 Jahre. Um 1970 oder '71 war er dick und fett geworden, besetzt mit vielen Abgängern der Ecole Nationale d'Administration, und es stellte sich die Frage, mit der Zeitung an die Börse zu gehen, wogegen ich mich sträubte. Ich dachte sogar daran, meinen Abschied zu nehmen. Ich hatte mir bei einer amerikanischen Zeitschrift Rückendeckung verschafft: Von einem Artikel pro Monat hätte ich leben können. Es hätte nur des Absprungs bedurft. Ich habe ihn nicht gemacht.

Genau da brach die von langer Hand vorbereitete Krise aus, die das Ziel hatte, J.-J. S.-S. in moralischer Hinsicht zu enteignen. Die Drahtzieher des Komplotts waren Nattern, die er seit Jahren völlig ahnungslos an seinem Busen nährte. Männer seines Alters, die sein Erfolg erboste, die seine Großzügigkeiten erniedrigten und die beschlossen hatten, sich der Zeitung zu bemächtigen, während er sich in Lothringen aufhielt.

Der Versuch ging schief. Aber zehn Leute – die gesamte Chefredaktion – verließen die Zeitung auf einen Schlag und schufen eine gefährliche Situation. Eine Zeitung macht keine Pause. Ich tat, was notwendig war, das heißt, ich nahm das Ganze allein in die Hand, bis die Stellen wieder besetzt waren. Hart, hart . . .

Diese Wochen hätten zu den aufregendsten meines Lebens gehört, wenn sie nicht mit dem Todeskampf und dem Tod eines Menschen zusammengefallen wären, den ich sehr liebte und der mir mit aller Kraft, die ihm blieb, geholfen hat. Er hieß Jacques Boetsch. Er war drei Jahre lang zweiter Chefredakteur gewesen, der hauptsächlich die Auslandsabteilung organisierte, und er ging schließlich auf eigenen Wunsch als ständiger Sonderkorrespondent in die USA. Er hatte Dinge im Inneren der Zeitung gewittert, die ihm nicht gefielen. Drei Monate, nachdem er sich in Washington niedergelassen hatte, erfuhr er, daß der kleine Schmerz, den er im Kiefer spürte, Krebs war. Nicht zu operieren. Er war zweiundvierzig.

Wir waren uns wirklich nicht sehr nah, jedenfalls glaubte ich das. Er gab mir ein einziges Zeichen der Zuneigung: Wenn er zu mir ins Büro kam, ließ er immer seine Pfeife, seinen Kugelschreiber oder seine Papiere liegen, ein Hinweis, daß er gerne wiederkommen wollte.

Zweifellos war unsere gegenseitige Zuneigung tief, aber wir hätten das vielleicht nie entdeckt, wenn dieser Krebs . . . Dieses Leben, das zu Ende ging . . . Diese Angst, die er Tag für Tag bezähmen mußte, die schwarzen Löcher, aus denen er wieder heraufstieg . . . Ein Mann, der um seine Würde kämpft, ist sehr schön und absolut tragisch. Er wollte, daß um ihn herum alles ästhetisch sei, selbst der Tod.

Kaum war er im Bewußtsein, daß seine Tage gezählt waren, voll mit Kortison, leichenblaß und mit akuten Atembeschwerden nach Paris zurückgekehrt, brach im *Express* die Krise aus, deren Tragweite er sofort begriff. Er verließ Villejuif, um der Zeitung zu Hilfe zu kommen. Und da fing er einfach zu arbeiten an, Tag für Tag, so großartig wie er es konnte, von immer stärkerem Husten gequält und von Schweiß bedeckt.

Er hatte sich angewöhnt, mich morgens beim Kommen zu umarmen. Niemand konnte Lust haben, diesen kranken Mann zu umarmen, und ich wußte, daß er es tat, weil er auf den Tag, den Moment lauerte, an dem das geringste Zurückweichen ... Es war das Einzige, was ich ihm als Ausgleich bieten konnte für das, was er mir gab, etwas Unbezahlbares: eine liebevolle Antwort auf seine Umarmung. Am Vorabend und im Bewußtsein seines Übergangs in die ewige Nacht hatte Jacques Boetsch, dessen Härte niemand bestritt, beschlossen, daß das moralische Recht auf meiner Seite war, ohne sich dafür etwas zu erhoffen oder zu erwarten.

Und dann fehlte ihm eines Tages die Kraft. Ich versuchte, ihm beim Sterben zu helfen, indem ich ihn trotz der Belastung durch die Arbeit jeden Tag besuchte. Er war glücklich darüber, er sagte es mir zwischen schwerwiegenderen Dingen ... Und dann war es zu Ende ...

In meiner Erinnerung bleibt er immer mit dieser merkwürdigen Zeit verbunden, in der er mir seine letzten Kräfte schenkte, während andere mich verrieten.

Dann kehrte wieder Ruhe ein. Nichts schien sie mehr aufstören zu können. So sehr, daß ich mich ein wenig zu langweilen begann. Der *Express* war zur Institution geworden, aber ich bin mehr für Stoßtruppaktionen geeignet. Routine hatte sich eingeschlichen, es gab keinen Drachen mehr zu töten . . .

Ich erinnere mich an ein Essen mit Georges Kiejman – 1973 glaube ich –, bei dem wir melancholische Überlegungen austauschten, was sich in unserem Leben noch an Unerwartetem ereignen könnte.

Unverbesserlich romantisch wie er war, schlug er vor: »Eine große Liebe . . .«

Unverbesserlich realistisch wie ich war, entgegnete ich: »Danke, mir genügt's . . .«

Mein Sohn war tot und ließ mich gebrochen zurück. Ich lebte wie erstarrt ein Flüchtlingsdasein in der zärtlichen Beziehung zu A. Der *Express* war, um es ehrlich zu sagen, kein Kampforgan mehr, ich hatte dem Leitartikel noch meinen Stempel aufzudrücken, aber kein Ziel, kein neues Vorhaben zu erfüllen, keine Herausforderung anzunehmen. Ja, ich langweilte mich.

Es war Indira Gandhi, die mich kurzfristig aus diesem Zustand holte. Ich hatte sie in Paris bei Jean Riboud kennengelernt. Sie lud mich ein, drei Wochen in Indien zu verbringen. Ihr Stab würde sich um die Organisation der Reise kümmern. Wir würden überall ein wenig herumfahren. Meine Tochter sollte mich begleiten.

Ich bin viel gereist. Indien ist unvergleichlich. In diesem Land, das das Heilige nicht vom Weltlichen trennt, aalt man sich wie in lauwarmem Wasser, läßt sich gefangennehmen und hat schnell keine Lust mehr heimzukehren. Sicher, es gibt die äußeren Schönheiten, die Tempel, die aufregende Herrlichkeit von Elephanta, den ungeheuren Lärm in Bombay, die Harmonie der ländlichen Gebiete mit ihren Hütten aus beigem Hanf . . . Aber es ist nicht das, was einen an Indien fesselt. Es ist etwas Geheimnisvolles, um nicht zu sagen etwas Mystisches, was einen bezaubert. Was einen zum Wunsch treibt, keine einzige Spinne zu zertreten . . .

Die Hotels, von ein oder zwei Palästen abgesehen, waren entsetzlich, aber wir zogen meistens von Häuschen zu Häuschen, diesen Bungalows, die Überbleibsel der Kolonialzeit sind und wo einem ein Diener ein Bett und Rühreier bietet. Es war eine schöne Reise, die bis an den Golf von Bengalen führte.

Bei der Rückkehr erschien mir Paris reizlos. Ich langweilte mich ganz entschieden, wurde kaum von der Aufregung um den Präsidentschaftswahlkampf vereinnahmt. Einer meiner Freunde, ein hoher Beamter, quälte sich: Für wen sollte er sich öffentlich einsetzen.

»Zögern Sie nicht«, sagte ich. »Für Giscard. Wenn Chaban gewinnt, wird er es Ihnen verzeihen. Wenn Giscard das Rennen macht, wird er Ihnen niemals vergessen, daß Sie für Chaban eingetreten sind.«

Kleine unbedeutende Ängstlichkeiten.

Was mich betraf, stand meine Wahl fest: Im ersten wie im zweiten Wahlgang würde ich für François Mitterrand stimmen. Ich zweifelte nicht daran, daß das auch auf J.-J. zutraf. Worin ich mich irrte. Da er dem Bündnis der Linken, das heißt den Kommunisten, absolut feindlich gesonnen war, weigerte er sich, diesem beizutreten und die *Parti radical*, deren Vorsitzender er war, auf diesen Weg einzuschwören. Es gab mehrere Treffen zu Hause, bei denen Mitterrand ihn zu überzeugen versuchte. Umsonst. Und so votierte J.-J. für Giscard, dessen reformatorische Ideen ihm unverdorben und frisch erschienen.

»Er könnte Roosevelt sein«, sagte er und war wahrscheinlich, indem er seine Partei mit sich zog, mehr noch die Leser des *Express*, die ihm vertrauten, für den Mißerfolg Mitterrands im Jahre 1974 in der Größenordnung von mehreren tausend Stimmen verantwortlich.

Das alles beschwor zwischen uns keinen Konflikt herauf, aber schließlich blieb ich bis zur letzten Minute meiner Einstellung treu.

Giscard war Sieger? Sei's drum. Ich würde nicht weinen. Man würde schon sehen. Was ich dann zu sehen bekam, war absolut überraschend.

Die Erfahrung, ein Ministerium zu leiten, ist ebensowenig zu übermitteln wie die einer Geburt. Ich hatte alle möglichen Minister besucht, ohne etwas zu ahnen, bis ich selbst der Minister war.

Erstens ist ein Minister schizophren. Er hat ein öffentliches und ein verborgenes Gesicht. Es gibt keine Beziehung zwischen der Vorstellung, die man von ihm hat, von seinen Befugnissen, seiner Handlungsfreiheit, und dem, wie die Dinge wirklich liegen, nämlich daß er sich für die kleinste Initiative mit der Verwaltung, mit dem Premierminister und gegebenenfalls mit dem Präsidenten der Republik – aber dann ist er schon erledigt – streiten muß. Er hat ja selbst größtes Interesse daran, den Premierminister mit seinen Ideen nicht zu sehr zu verprellen, sie, aber das versteht sich von selbst, auf jeden Fall nicht öffentlich verlauten zu lassen, bevor er nicht geprüft hat, daß sie hundertprozentig »auf Linie« sind. Wie einer von ihnen, ein Minister, schon sagte: »Das schließt einem die Schnauze.« Wenn man ein temperamentvoller Mensch ist, kann das zum Problem werden.

Zweitens arbeitet der Minister wie ein Tier. Und was gehört zu dieser Arbeit? Eröffnungen, Medaillenverleihungen, Beerdigungen. Er ist dauernd überall unterwegs und verläßt sein Büro nie vor acht, nachdem er fünfzigmal mit seinem Kürzel unterschrieben hat. Manchmal hat er nicht mehr die Kraft, alle Briefe, die man ihm vorlegt, zu lesen, und so passieren dann die Pannen.

Wenn er Bürgermeister ist, was oft vorkommt, entspricht sein Amt einer Strafkolonie. Am Wochenende muß er sich, anstatt sich auszuruhen, in seiner Stadt sehen lassen, wo man ihn festen Fußes erwartet und die Bürger ihn auf dem Markt antreffen wollen. Er hat nicht einmal Zeit durchzuschnaufen, schon sitzt er wieder im Flugzeug nach Paris.

Drittens sucht er in der wenigen Zeit, die ihm zum Nachdenken bleibt, mit seinem Kabinett nach geeigneten Maßnahmen, um sein Ansehen und sein Amt zu fördern, das heißt nach populären Maßnahmen, die das Budget nicht belasten. Da ist der Haken. Der Minister hat völlig freie Hand sich vorzustellen, daß etwas nichts kostet. Das Ärgerliche ist nur, daß nichts oder fast nichts nichts kostet. Und daß alles oder fast alles die vorliegende Situation, die althergebrachten Ideen stört.

Angenommen man findet eine geniale Neuerung, die auf Wohlwollen stößt und nichts kostet, braucht man überdies noch eiserne Energie, um zu versuchen, sie umzusetzen.

All das trägt nicht zum Glück des Ministers bei, aber wenn es ihm zufällig gelingt, ist er glücklich. Er hat das Gefühl, für das öffentliche Wohl gearbeitet zu haben, und das ist eine große Entschädigung, ein unendliches Geschenk, das darüber hinwegtröstet, sowenig zu machen, während man doch ernstlich geglaubt hat, »Macht« zu erlangen.

Und dann sind da noch alle die kleinen Befriedigungen der Eitelkeit: das Amt in wunderschönen Räumlichkeiten; der Dienstwagen mit der Kokarde; der Präfekt, der einen Gewehr bei Fuß erwartet; die Tasche, die einem getragen wird; die achtungsvolle Stimmung, wo immer er sich zeigt; die Wichtigkeit, die die anderen ihm zuschreiben; das Bild, das man ihm von ihm selbst gibt. Herr Minister hier und Herr Minister da . . . Würde man diesen Titel aufheben, höbe man die Hälfte des Genusses auf, Minister zu sein . . .

Aber es gibt auch eine geheime Verletzung. Wenn er nicht zu den drei oder vier Schwergewichtlern in der Regierung gehört, muß er bald erkennen, daß er über nichts, was nicht seinen direkten Bereich betrifft, informiert wird. Über *nichts.* Er kann nach außen hin nur eine sorgenvolle Miene aufsetzen, wenn er zur neuesten Verstimmung zwischen Frankreich und Deutschland oder zum Verhältnis zu Korsika befragt wird.

»Was wird die Regierung unternehmen, Herr Minister?«

Der Herr Minister weiß es nicht, Himmel Donnerwetter.

Schon Malraux, der wirklich nicht irgendwer ist, ärgerte sich über diese Unkenntnis, in der man bei »Affären« gelassen wird . . .

Was konnte also Valéry Giscard d'Estaing dazu bewegt haben, zum *Express* zu kommen, um aus mir ein Regierungsmitglied zu machen?

Ein Gefühl. Er war einer der wenigen, um nicht zu sagen, der einzige Politiker, der etwas von der Revolution der Frauen verstanden hatte, dieser spontanen Bewegung, die seit dem Mai 68 dahindümpelte, zeterte, sich manchmal als Forderung nach dem Recht der Selbstbehauptung auf den Straßen Gehör verschaffte. Das Recht zur Abtreibung war ihr Aushängeschild.

Blitzgescheit wie er war, hatte Giscard begriffen, daß diese Bewegung kein oberflächlicher Wirbel war, einfache Folge des Mai 68, sondern eine grundlegende Erschütterung. Sie mußte kanalisiert werden, und der Reformgeist, den er in der ganzen Gesellschaft wahrnahm, mußte, was die Frauen betraf, umgesetzt werden.

Also hatte er die Kühnheit, einer Frau, Simone Veil, die Aufgabe anzuvertrauen, im Parlament das Recht auf Schwangerschaftsabbruch zur Abstimmung zu bringen, und das trotz der offenkundigen Zurückhaltung seiner Minister, und besonders eines der wichtigsten darunter, Jacques Chirac.

Damals also schuf er das Staatssekretariat für Frauenfragen, das wünschenswerte Reformen vorschlagen und in die Wege leiten sollte. Er brauchte eine Frau für diese Aufgabe. Das Los fiel auf mich.

Eine provokante Wahl für die Mehrheit seiner Regierungsmannschaft. Ich war als ziemlich links verschrieen und hatte 1974 ganz offen für François Mitterrand gestimmt. Jacques Chirac erstickte fast vor Wut und tat sein Möglichstes, um das Projekt zu vereiteln. Er schlug mir einen »Ausschuß« vor. Ich fand das für die Frauen beleidigend und weigerte mich. V.G.E. hielt stand. Und so kam es, daß ich mich in der Rue de Varennes in dem wunderschönen »Hotel de Castries« an der Spitze eines Ministeriums wiederfand, das es noch gar nicht gab. Es blieb nichts anderes übrig, als es zu erfinden.

Das war ein reichlich spannender Moment in meinem Leben. Zuerst hieß es lernen. Lernen, wie ein Staat funktioniert, was ungefähr so kompliziert ist, wie die Verbotene Stadt in China zu durchschauen. Das Vokabular, die Verhaltensregeln, alle Spitzfindigkeiten lernen . . . Lernen.

Das Glück wollte es, daß ein guter Freund von mir, Yves Sabouret, der unter dem vorhergehenden Premierminister Kabinettsdirektor gewesen war, kurzfristig wegen militanten »Chabanismus«* auf ein Abstellgleis geschoben wurde. Er willigte ein, mein Kabinettsdirektor zu sein, obwohl das unter seiner Qualifikation lag, und nahm mich geduldig an der Hand.

Er bildete mein Kabinett – vier Frauen und ein Mann – und brachte mir die Spielregeln des Clubs bei, in den ich eingebrochen war.

Ihm verdanke ich es, daß ich – außer einem – keinen gröberen Schnitzer machte. Eine Gruppe Prostituierter hatte angemeldet, daß sie mich treffen wollten. Auf die Schnelle von einem Radiosender befragt, sagte ich, daß die Prostitution in der Verantwortung der Männer liege. Dabei übersah ich, daß das in der Politik ein Tabuthema war. Skandal! Maurice Clavel verlangte am nächsten Tag in einer Zeitung eine Erklärung von mir, wobei er meinte, ich hätte eine Karriere vor mir, aber keine Berufung. Um zum Ende zu kommen: Man übertrug die Sache mit den Prostituierten Simone Veil, indem sie gemäß den Regeln einen Bericht verfaßte . . .

Im strengen Sinn des Wortes war ich keine Feministin. DER Mann war nicht mein Feind, seine Entmannung erschien mir nicht als Idealvorstellung. Die Idee, weltweit jegliches männliche Wesen zu bekämpfen, erschien mir überdies die falsche Strategie. Bei einem Rennen Kopf an Kopf waren sie stärker und würden es bleiben. Man mußte sie, mit Ausnahme der angeborenen Frauenhasser, nicht bekämpfen, man mußte sie überzeugen, Breschen in ihre Linien schlagen, Brückenköpfe stürmen, die Zusammenarbeit mit jenen zahlreichen Männern erlangen, die begannen, ihre Augen über die reale Situation der Frauen in der Gesellschaft zu öffnen.

* Ähnlich wie bei »Mendèsisme« handelt es sich hier um eine Wortschöpfung der Autorin. Gemeint ist Jacques Chaban-Delmas, der gegen Giscard d'Estaing in der Wahl angetreten war. (Anm. d. Ü.)

Kurz, ich war – das hat man mir oft genug vorgeworfen – eine Reformistin. Obendrein überzeugt, daß eine bestimmte Art von Radikalität in Frankreich, wo die Frauen sich glücklicherweise darauf versteifen, hübsch und begehrenswert zu sein und sich mit ihren Männern möglichst gut zu verstehen, niemals großen Widerhall auslösen würde. Eine französische Besonderheit? Sicher. So alt wie das 18. Jahrhundert, das im Gegensatz zu England beispielsweise Männer und Frauen zusammenbrachte und im kulturellen Schaffen verband. Man hat in den letzten Jahren gesehen, wie wenig die radikalen Positionen der Amerikanerinnen in Frankreich Wurzeln schlagen konnten.

Seien wir unseren Vorfahren dankbar!

Reformistisch wie ich war, versuchte ich als erstes das zu reformieren, was per Gesetz möglich war. Ich machte mich mit meiner kleinen Mannschaft ans Werk, wie man einen Stoßtrupp anführt.

Erste Tat: Das Arbeitsrecht und sonstige Bestimmungen entrümpeln, die die Frauen benachteiligten. Es gab darunter Unglaubliches! So war es ihnen untersagt, beim Wetterdienst zu arbeiten! Tatsächlich enthüllten all diese Bestimmungen einen gemeinsamen Geist: Frauen gehörten »ins Haus«.

Anschließend stellten wir, auf fünf Jahre verteilt, eine Liste hundert wichtiger Maßnahmen zusammen, die die weiblichen Lebensbedingungen verbessern sollten. Parallel dazu führten wir unter den Industriebossen und dem Präsidenten selbst einen intensiven Werbefeldzug durch, damit sie mit der Beförderung einiger Frauen ein Zeichen setzten.

Das gelang ganz gut. Man wußte in Paris, daß der Präsident mich unterstützte. Also wollte man ihm gefällig sein. Ohne diese Unterstützung wäre ich wirkungslos geblieben.

Die Bereinigung der Verordnungen war relativ schnell erledigt. Die »hundert Maßnahmen« waren eine andere Geschichte. Es handelte sich um eine dicke Broschüre, die ich erst dem Präsidenten der Republik vorgelegt hatte, der mir sagte: »Sie ist gut. Sie verfolgen eine stringente Politik. Genau das ist notwendig. Natürlich wird sie bestimmten Kreisen mißfallen . . .« Dann wurde ich vom Premierminister empfangen. Dort wartete die große Überraschung: Er hatte seine Meinung geändert. Ich war in seinen Augen nicht mehr die mißratene Pariser Intellektuelle. Seit eine Landwirtin aus der Corrèze, glaube ich, ihm gesagt hatte: »Ach, endlich kümmert man sich bei der Regierung um die Frauen!« betrachtete er mich anders. Die Zusammenstöße, die uns entzweit hatten?

»Wie bei privaten Streitigkeiten gab es Fehler auf beiden Seiten.«

»Gut. Mein Programm für die nächsten fünf Jahre?«

»Wunderbar, wenn Sie es schaffen. Nehmen Sie alle Leute, die Sie dafür benötigen . . .«

»Die Isolation, in der ich mich befinde, so daß ich nicht weiß, an wen ich mich bei dem oder jenem Problem wenden solle?«

»Sie müssen nur zum Telefon greifen und mich anrufen.«

Wir schieden friedlich voneinander.

Ein Jahr später, als er Matignon entließ, rief ein Mitglied meines Kabinetts verzweifelt aus: »Und das jetzt, da er uns liebt!«

Lieben ist zuviel gesagt, aber die Schikanen hatten endlich aufgehört.

Anläßlich der letzten gemeinsamen Überarbeitung meiner Arbeit hörte ich ihn zu meinem Erstaunen sagen: »Sie kennen meine Offenheit. Das ist eine bemerkenswerte Arbeit. Übrigens werden die einzigen positiven Ergebnisse dieser Regierung die für die Frauen sein.«

Music for my ears . . .

Jede meiner hundert Bestimmungen war mit den fünfzehn interessierten Ministern diskutiert worden. Jacques Chirac hatte sie rechtschaffen und in der Mehrzahl der Fälle sogar überzeugend verteidigt.

Was für ein Mensch ist er?

Ich weiß es nicht. Jemand mit gutem Kern, wie man sagt. Was mich damals, als ich mit ihm zu tun hatte, beunruhigte, war eine gewisse Schwäche, die ihn immer auf den hören ließ, der zuletzt mit ihm geredet hatte. Daher seine Schlenker um 180 Grad, die einen sprachlos machten. Ich nannte ihn »den Ventilator«. Außerdem machte ihn die Politik von V.G.E. wahnsinnig, da es ihm unmöglich schien, sie bei der knappen Mehrheit im Parlament durchsetzen zu können. Schon beim Wort »Reform« wurde er hysterisch. Ich habe mit eigenen Augen gesehen, wie er während einer Sitzung im kleinen Kreis vor lauter Wut einen Tisch umwarf. Ehrgeizig? Offensichtlich. Man wird nicht Staatschef, wenn man nicht ehrgeizig ist: um so mehr als er in gewisser Weise von Kindesbeinen an dazu erzogen wurde. Aber damals war er unglücklich, fühlte sich unwohl in seiner Funktion, und da er für seine Kämpfermentalität nicht das geeignete Feld zum Kämpfen fand, neigte er zu unkoordinierten Schritten.

Es war eine Zeit, in der schlechte Einflüsse auf ihn wirkten . . . Heute ist er dem Vernehmen nach verändert. Warum nicht?

Ich habe ihn nur einmal im Elysée wiedergesehen, wo er eine kleine Delegation empfing, die mit ihm über Bosnien sprechen wollte. Er war entspannt, freundlich, aufmerksam. Wo war mein »Ventilator«? Die Zukunft wird erweisen, ob er die Größe für sein Amt hatte.

Eines Tages kam ein etwas verlegener Mann in mein Büro und sagte: »Gnädige Frau, Sie müssen ausscheiden.«

»Gut! Wo ausscheiden?«

»Aus der CFDT natürlich! Ein Mitglied der Regierung darf nicht gewerkschaftlich organisiert sein.«

Er hatte nicht unrecht, aber es gab mir doch einen kleinen Stich im Herzen. Ich hing sehr an meiner Gewerkschaft.

Ein andermal kam zu meiner Überraschung Simone Signoret zu mir. Der Besuch in Ministerien entsprach nicht unbedingt ihrer Art.

»Hör zu«, fing sie an, »ich habe dich noch nie um etwas gebeten, aber . . .«

Aber war immer das Wort, mit dem Bittsteller begannen, als ob es anormal sei, einen Minister persönlich zu kennen und ihn nicht um etwas zu bitten.

Dennoch war es auch nicht ihre Art, als Bittstellerin aufzutreten. Worum ging es? Um etwas Schwerwiegendes. Im von Pinochet beherrschten Chile wütete schlimmste Unterdrückung. Eine junge Frau, deren Lebensgefährte verhaftet und zu Tode gefoltert worden war, war ihrerseits verhaftet worden und mußte das Schlimmste befürchten. Simone kannte sie. Sie hatte beschlossen, sie zu retten, und setzte Himmel und Hölle in Bewegung, das heißt ein halbes Dutzend französischer und ausländischer Frauen, deren Namen der chilenischen Regierung bekannt sein konnten.

»Du mußt Pinochet telegrafieren«, drängte sie. »Daß du die Freilassung von C. forderst. Sie ist in Todesgefahr, verstehst du, sie werden sie ermorden . . .«

Das war klar. Ebenso klar war die Tatsache, daß ich als Mitglied der französischen Regierung nicht ein Telegramm schicken und mich auf meine Stellung berufen konnte, ohne den Außenminister einzubeziehen. Und ebenso klar war, daß er sich widersetzen würde.

Ich dachte nach. Wenn ein solcher Schritt Wirkung versprach, mußte ich es versuchen . . . Also ohne Außenministerium! Ich schickte das Telegramm ab. Einige Tage später schneite Simone in Begleitung einer jungen Frau bei mir vorbei, deren Arm infolge der Mißhandlungen, die sie ertragen hatte, gebrochen war. Das war meine Chilenin, die ihren Henkern wunderbarerweise entrissen war.

Nie bin ich glücklicher gewesen, ein wenig Macht zu besitzen und sie genutzt zu haben.

Natürlich kam ich in den Genuß eines Verweises vom Außenminister. Ich berief mich auf meine Unerfahrenheit. Man beschwor mich, nie wieder Telegramme an Staatschefs zu schicken: Das versprach ich. Aber das Übel – wohl eher die Wohltat – war dank der unerbittlichen Willensstärke von Simone Signoret unwiderruflich geschehen.

Ich hatte mein Programm für die Frauen also abgeschlossen. Nun lag es an den zuständigen Ministern, die Maßnahmen nach und nach durchzuführen, und ich legte V.G.E. nahe, mich zu entlassen.

Ich hatte meine Arbeit geliebt, ich war mir bewußt, sie gut gemacht zu haben, aber in unmittelbarer Zukunft sah ich nichts, was ich auf diesem Posten Nützliches leisten konnte. Der Reiz eines Büros mit vergoldeten Verkleidungen, in dem Stendhal geschrieben hatte, genügte nicht, um mich zu halten. Ich würde nicht zu den Statisten in der Regierung gehören, während man mich beim *Express* brauchte.

Aber Jacques Chirac kam mir mit seinem Rücktritt knapp zuvor. Raymond Barre folgte ihm und bot mir das Kulturministerium an. Da fehlte es mir an Mut, was ich mir oft vorgeworfen habe. Die Frauenfrage war ein Bereich, in dem politische Haarspaltereien keinen Sinn hatten; der

Frauenhaß hat mit der Geisteshaltung der Männer zu tun nicht mit ihrer politischen Meinung. Trotz der Vorhaltungen einiger meiner Freunde, darunter Gaston Deferre, die mich lebhaft schalten »für Giscard zu arbeiten«, hatte ich ohne Bedenken die Regierungsmitarbeit angenommen. Die Analyse galt nicht für die Kultur, wenngleich . . .

Kurz, ich nahm das Angebot von Raymond Barre an. Es war, um die Wahrheit zu sagen, unwiderstehlich: ein richtiges Ministerium, Beamte, Handlungsfreiheit, zumindest in dem Ausmaß wie einem Minister zusteht, ein Budget . . . Unwiderstehlich!

Ich bin zu kurz geblieben, um meinen persönlichen Stempel zu hinterlassen: weniger als ein Jahr. Man muß mindestens zwei Jahre in einem Ministerium verbringen, um ihm die eigene Prägung zu verleihen. Die Zeit, um einige kluge Berufungen durchzuführen, um ein Architekturgesetz abstimmen zu lassen, ein Gesetzesprogramm zu den Museen, das Raymond Barre mir gewährte. Weiter konnte ich nicht gehen.

Aber ich hatte Zeit, mir über die Kultur im allgemeinen einige Fragen zu stellen, diesen Schlüsselbund, der die Türen zur Welt öffnet, und über ihre Beziehung zum Staat.

Der Vorläufer des Kulturministeriums, das Sekretariat der Schönen Künste, war während dem Second Empire* unter rein politischem Blickwinkel geschaffen worden. Es ging darum, die Welt der Künste und der Literatur, die per definitionem ungebärdig und immer bereit war, mit der Opposition zu liebäugeln, an sich zu binden, indem man klugerweise Ehren und Pfründe verteilte. Nachdem es einmal geschaffen war, überdauerte das Sekretariat der Schönen Künste und wurde von den republikanischen Regierungen übernommen.

* Zeit unter Napoleon III. (Anm. d. Ü.)

De Gaulle machte daraus ein Ministerium und schmückte es mit dem Ansehen Malraux', ohne daß die Frage nach seiner Funktion wirklich gestellt wurde.

Kann man Kulturpolitik machen? Einen Entwurf, eine umfassende Vision zum Handeln? Als staatliche Obliegenheit? Das ist nicht einfach.

Ein Minister ist jemand, der Geld ausgibt, viel Geld, selbst wenn er nur wenig hat. Man kann in Bausch und Bogen sagen, daß alle kulturellen Aktivitäten, die wirtschaftlich nicht einträglich sind, das heißt also die Mehrzahl, vom Staat und den Gemeinden finanziert werden. Wozu?

Eine Untersuchung gab mir interessante Hinweise darüber, wie die Franzosen die Kultur betrachten: als ein Gut, auf das sie dasselbe Anrecht haben wie auf soziale Absicherung. Vor dem Hintergrund allgemeiner Gleichgültigkeit gegen Politik und massiver Mißbilligung der Regierung enthüllte die Untersuchung einen übersteigerten Anspruch nach persönlichem Zugang zur Kultur, wie zu einem Objekt der sinnlichen Freude. Dieser Wunsch war in der Gesellschaft weit verbreitet und tief verankert, er ging – in Anführungszeichen – bis in die unteren Schichten. Man wollte mehr davon und noch mehr! Die Kultur zu verbreiten schien eine Art heilige Aufgabe, die dem Staat übertragen war.

Der Minister spielte also in der Kulturszene eine wichtige Rolle. Welche Rolle genau?

Zuerst die eines Katalysators von Talenten. Gibt es eine progressive und eine konservative Auffassung von dieser Rolle? Zweifellos. Muß sie mit der Farbe der Regierung übereinstimmen? Natürlich nicht. Die gute Musik, die gute Architektur, die unerläßliche Instandhaltung des kulturellen Erbes, das gute Theater, der gute Film stehen weder links noch rechts noch in der Mitte. Die kühnste, auch teuerste Schöpfung der letzten Jahre wurde von einem

Präsidenten erdacht und empörten Ministern im wahrsten Sinne des Wortes aufgezwungen, von Georges Pompidou, der im übrigen ein gestandener Konservativer war. Mein Vorgänger im Ministerium, Michel Guy, verbarg nicht, daß er rechts stand, und unterstützte dennoch die Aktion, die in allen Bereichen am gewagtesten war.

André Malraux hatte mir sagen lassen: »Sie müssen ein tolles Ding finden.«

Ein tolles Ding? Er hatte es gefunden: das Tünchen der historischen Gebäude von Paris. Genial!

Unglücklicherweise hatte ich keine vergleichbare Eingebung. Aber ermutigt von dem, was ich verstanden habe, unternahm ich bahnbrechende Schritte, ohne mich allzu sehr über die Verweise von Giscard zu sorgen, den ich nicht zu Rate gezogen hatte, bevor ich irgendeine wichtige Ernennung vornahm.

Ich habe nur in einem Punkt nachgegeben: der Ehrenlegion. Man ahnt gar nicht, wie viele Leute sich dieser Auszeichnung für würdig erachten und in und um die Regierung Unterstützung finden, um sie zu erhalten. Jeder Minister verfügt über eine gewisse Quote. Zweimal jährlich muß er eine Liste mit Vorschlägen erstellen. Da war ich manchmal feige.

Am Abend der Einweihung des Centre Pompidou, bei der ich nach dem Präsidenten der Republik sprechen sollte, ergriff mich kurzzeitig Panik. Es waren allerhand Prinzen und Prinzessinnen anwesend, Königin Fabiola, wenn ich mich recht erinnere, und Gracia von Monaco. Wie mußte man sie ansprechen? Hoheiten? Majestäten? Ich zog mich mit »Nobles dames et seigneurs«* aus der Affäre, eine dem Protokoll unbekannte Wendung. Gerettet.

* Noble hat im Französischen sowohl die Bedeutung adlig als auch edel. (Anm. d. Ü.)

Ausnahmsweise hatte der Präsident bei seiner Ansprache ein Manuskript benutzt, etwas, was er sonst nie tat. Konnte ich anschließend frei sprechen, ohne unverschämt zu wirken? Ich hatte die Rede, die ich auswendig konnte, in der Tasche. Ich tat der Form halber so, als ob ich zwei- oder dreimal darauf schaute.

Und dann begannen wir in dieser riesigen Karavelle herumzulaufen, um sie zu besichtigen.

Giscard graute vor dem, was er sah. Barre schwankte, das Gebäude gefiel ihm nicht, aber er liebte die zeitgenössische Malerei. Niemand dachte an diesem Abend, daß bald fünfundzwanzigtausend Besucher pro Tag an diesen Ort kommen würden, um sich mit »Kultur« zu beschäftigen.

Was habe ich von dieser zweimaligen ministeriellen Erfahrung behalten? Erstmal Dankbarkeit für V.G.E., obwohl ich später nur noch selten mit ihm einig war. Dann Kenntnisse, die ich anders nie hätte erwerben können, einen anderen Blick auf die politische Welt und ihre Gesetzmäßigkeiten, die Befriedigung, nicht unnütz gewesen zu sein. Schließlich ein unbändiges Verlangen, den Journalismus dort weiterzumachen, wo ich ihn verlassen hatte, die Freiheit zum Sprechen, Handeln und Kritisieren – kurz meine Unabhängigkeit – wiederzuerlangen.

Damals war Arthur zerstreut, das Glück war mir nicht hold. Gerade als ich die Regierung verließ, hatte J.-J. den Verkauf vom *Express* mit einem französisch-englischen Geschäftsmann, Jimmy Goldsmith, der Verkörperung des militanten Rechten, klargemacht. Ich dachte oft, daß das zwei Wochen früher nicht passiert wäre. Ich hätte es aufgehalten, hätte es verhindert. Ich habe übrigens nie die wirklichen Gründe für diesen Schritt verstanden. Ein Irrsinn. Es ist das einzige, was ich J.-J. nie verziehen habe.

Goldsmith mochte mich nicht. Ich erwiderte die Ablehnung kräftig. Er wollte auf keinen Fall, daß ich zum *Express* zurückkehrte. Ich wünschte das genausowenig. Theoretisch hätte ich von Zeit zu Zeit dort schreiben müssen. Raymond Aron, der neue Leitartikelautor, widersetzte sich. Schweren Herzens kassierte ich die Abfindungssumme. Mir war zumute, als sei der *Express* ein mißratener Sohn. Ich brauchte lange, bis ich mich von dieser Verletzung erholte. Was sollte ich nun machen?

V.G.E. bot mir die Leitung von *Antenne 2* an, aber da Parlamentswahlen, die von 1978, bevorstanden, war mir klar, daß der Sender nicht wirklich unabhängig sein würde. Also lehnte ich ab. Dann bot er mir den Posten einer französischen Botschafterin bei der UNESCO an, ein Abstellgleis. Wieder sagte ich nein.

Ich hatte genug zum Leben. Ich konnte warten.

Als Mitglied der *Parti radical*, der Partei von J.-J. S.-S., wurde ich automatisch Vizevorsitzende der UDF*. Ich

* Union pour la Démocratie française: ein Wahlbündnis verschiedener Parteien (u.a. der parti radical), das Giscard d'Éstaing an die Macht verhalf. (Anm. d. Ü.)

nahm gewissenhaft an allen Versammlungen teil, allen Palavern, allen Diskussionen um Wahlkandidaten und langweilte mich gründlich. Was noch einen Sinn ergeben hätte, wenn ich um einen Abgeordnetensitz gekämpft hätte, war in meiner Geistesverfassung absolut sinnlos.

Man muß die staatsmännische Politik lieben. Es gibt auf diesem Gebiet wahre Brunnenvergifter, aber auch Künstler . . . Ich betrachtete Jean Lecanuet, den Vorsitzenden der UDF, wie er die ganze kleine Welt um sich herum handhabte, und fragte mich: »Was soll ich hier?« Ich fühlte mich wie ein Goldfisch auf dem Trockenen. Ich blieb mit Rücksicht auf V.G.E. einige Monate, während der Zeit der Parlamentswahlen und dann der Europawahlen, danach fühlte ich mich berechtigt, mein Amt niederzulegen. Diesmal war ich frei von jeglicher Bindung.

Mein geliebter Lebensgefährte A., der mit beachtlichem Gleichmut meine Ausflüge ins Zentrum der Macht ertragen hatte, begann sich ob meiner Kläglichkeit und Untätigkeit Sorgen zu machen. Er, der seine Freizeit so gut auszufüllen verstand, fühlte genau, daß das nicht meine Begabung war.

Er sagte: »Sie müßten schreiben.«

Ich dachte darüber nach. Aber was sollte ich schreiben?

Ich zeigte ihm drei Zeilen: *»Dort, wo die Komödie der Macht sich abspielt, habe ich als Ministerin während der Dauer von drei Jahren die Auftritte miterlebt, war den Darstellern nahe und habe die Stichwörter gehört.«*

»Nun«, meinte er. »Ihr Buch ist fertig. Sie müssen es nur noch schreiben.«

Habe ich schon erwähnt, daß er Verleger war? Ich hatte vollkommenes Vertrauen in sein Urteil. Ich machte mich an die Arbeit. Und so entstand *La Comédie du pouvoir.* Das Buch hatte beachtlichen Erfolg. Es entzweite mich einige

Zeit mit V.G.E., was mir sehr leid tat, da es ihm sehr wohlgesonnen war. Aber er nahm an etwas Grundsätzlichem Anstoß: Wer von »Affären« Kenntnis hatte, muß darüber schweigen. Er hatte seither an reichlich anderem Anstoß zu nehmen! . . . Abgesehen von dieser Kleinigkeit war *La Comédie du pouvoir* ein Erfolg.

Ich war im Begriff, einen neuen Lebensabschnitt zu beginnen.

Das Schreiben ist eine seltsame Beschäftigung, die einen aufzehrt.

Ich habe nie, nicht einmal den kleinsten Artikel geschrieben, ohne das Gefühl zu haben, mir etwas aus der Brust reißen zu müssen.

Manche Journalisten oder Schriftsteller besitzen eine entwaffnende Leichtigkeit. Das ist bei mir nicht der Fall, und es kommt auch nicht häufig vor. Ich kannte viel mehr innerlich zerrissene als vergnügte Schriftsteller.

Bei den Artikeln hilft die Übung. Die Beherrschung des Handwerks, die man nach und nach erwirbt. Man wird auch schneller.

Ein Buch ist etwas anderes. Während man es ausarbeitet, sagt man sich laufend: »Was ich mache, ist schlecht. Ich bin dabei mich zu verzetteln. Überdies tue ich etwas, was ich nicht tun will . . .« Man zerreißt es, man beginnt von vorn; man legt es zur Seite, nimmt es wieder zur Hand . . . Man ist sehr einsam.

Nicht jeder ist Georges Simenon, der täglich drei Stunden arbeitete, ohne irgend etwas zu streichen. Im Durchschnitt kann man fünf bis sechs Stunden pro Tag arbeiten, nicht mehr. Das reicht, um erschöpft und ausgepumpt zu sein. Wenn einen dieser Zustand nicht zusätzlich entmutigt, so sind die berühmten Beispiele großer Schriftsteller, die mit den Worten kämpften, reichlich vorhanden: Balzac, Flaubert ... Und sie wußten nicht, daß sie Balzac oder Flaubert waren, nichts konnte sie wirklich trösten.

Ja, das Schreiben ist eine seltsame Tätigkeit. Es ist die, von der ich verzehrt wurde und bei der mir klar wurde, daß ich keinen anderen Kampf mehr zu bestehen hatte als den gegen die Worte.

Das erste Buch, mit dem ich mich nach *La Comédie du pouvoir* herumschlug, war die Biografie von Marie Curie. Ich hatte die Idee dazu gehabt, nachdem ich ein schlechtes Drehbuch über sie verfaßt hatte, das glücklicherweise nie realisiert wurde. Bei dieser Gelegenheit hatte ich entdeckt, daß es über sie interessante Unterlagen in der Nationalbibliothek gab. Aber worauf hatte ich mich da eingelassen! Ohne irgendeine naturwissenschaftliche Ausbildung, ohne Kenntnisse der Physik oder der Chemie ... Und trotzdem wollte ich alles verstehen, um alles verständlich zu machen. Ich fand immer wieder die Formulierung: »Sie forschte vier Jahre lang ...«

Aber was forschte sie? Was macht man, ganz praktisch, wenn man forscht? Was machte Marie Curie genau in ihrem kleinen Laboratorium?

Ich habe immer wieder in wissenschaftlichen Wälzern nachgeschlagen. Langsam und mit viel Mühe begann ich zu verstehen. Ich mußte nun das, was ich verstanden habe, einsichtig umsetzen; das war eine andere Geschichte. Aber das ist etwas, was ich kann.

Dennoch habe ich mein Manuskript Bertrand Goldsmith, dem letzten Assistenten von Marie Curie, zitternd übergeben, damit er meine Fehler anstreichen konnte. Sieg! Er fand nur einen. Ich war sehr stolz auf mich. Ich verdanke ihm einen Tag voll Glück.

Das Buch hatte dauerhaften Erfolg. Es verkauft sich nach beinahe fünfzehn Jahren noch immer. Man hat es in alle Sprachen der Welt übersetzt, selbst ins Chinesische. Das gab mir den Mut weiterzumachen.

Das Leben von Alma Mahler hat mich weniger Anstrengung gekostet. In diesem Fall half mir Henry-Louis de Grange, der ein großzügiger Lektor war und mich davor bewahrte, mich in den Sinfonien Mahlers zu verlieren.

Jenny Marx war noch einmal eine andere Geschichte. Darüber konnte man die Fassung verlieren. Aber Marx ist so gut belegt, daß man sich nur danach richten mußte.

Binnen zehn Jahren hatte ich mit meinen drei Frauen gute Arbeit geleistet.

Dazwischen hatte ich den Roman *Le Bon Plaisir* geschrieben, über den viel sinnlose Tinte vergeudet wurde. Er hatte nicht im entferntesten mit dem Privatleben von François Mitterrand zu tun, von dem ich zu dieser Zeit, also 1981, gar nichts wußte. In Wahrheit habe ich dieses Buch unter sehr außergewöhnlichen Bedingungen geschrieben. A. war schon krank. Kehlkopfkrebs. Und ich wußte nicht, wie ich ihn zerstreuen könnte. Also sagte ich: »Ich werde dir ein Buch schreiben und dir jeden Tag ein Kapitel vorlesen wie Scheherazade.«

Aber ich mußte eine Geschichte erfinden. Eine Figur hatte ich schon: einen Staatschef, der aus all jenen zusammengesetzt war, die ich gekannt hatte. Es fehlte mir ein Thema. Da hörte ich von einem Minister, dem man eine glänzende Zukunft vorhersagte und der einen unehelichen Sohn hatte, dessen Existenz er aus Angst, das könnte seine Karriere zerstören, sorgfältig verbarg. Ich hatte mein Thema.

A. ließ sich damit zerstreuen und amüsieren, das war das Ziel. Hätte er mir gesagt: »Es ist mittelmäßig, veröffentliche es nicht«, hätte ich auf ihn gehört. Ich hatte *Le*

Bon Plaisir nicht geschrieben, um es zu publizieren. Aber er hat mich im Gegenteil dazu ermutigt.

Das ist die ganze Geschichte. Den Rest haben Feindseligkeit und Dummheit besorgt. Gegen diese beiden Verbündeten kann man nichts tun.

1980 habe ich die Arbeit kurz unterbrochen, um Valéry Giscard d'Estaing nach China zu begleiten. Er fuhr auf Staatsbesuch dorthin. *Le Journal du Dimanche* hatte mich gebeten, die Reise »abzudecken«. China gefiel mir gut. Angesichts seiner Größe kann ich nicht sagen, daß ich jetzt China kenne, aber ich habe jedenfalls das China vor fünfzehn Jahren beschnüffelt, das noch mit der fixen Idee eines sowjetischen Angriffs lebte. Peking war verdoppelt durch eine unterirdische Stadt, die als Atombunker diente. Die damals noch unzähligen Radfahrer fuhren nachts unter Lebensgefahr ohne Licht, um bei einem Luftangriff nicht eine gefährliche Lichterkette zu bilden. Aber Deng Xia Ping hatte schon sein berühmtes »Werdet reich!« ausgerufen.

Was ich aus dem Flugzeug vom Land sah, war nicht schön: dürre, klägliche Landschaften. Aber es gibt natürlich die berühmte sechs Kilometer lange Mauer, an der Tausende chinesischer Touristen andächtig entlangspazieren. Diese lange Mauer, neben der Souvenirhändler wertloses Zeug anbieten, die wie eine Borte die Linie des Bergkamms nachformt, über den, wie man befürchtete, die Mongolen sich ergießen würden, ist heute nur noch von anekdotischem Interesse. Zum Ausgleich sind die sechstausend tönernen Krieger faszinierend, die man in der Gegend von Xian ausgegraben hat. Seither wurden bestimmt weitere entdeckt, die die Geisterarmee des ersten Kaisers von China verstärkt hatten. Und dann war es nicht übel, Molières Stück *Der Bürger als Edelmann* auf chinesisch zu sehen, über den der ganze Zuschauersaal lauthals lachte ... Dank der Begleitung zweier befreundeter Journalisten, die unserem Troß angehörten, wurde es eine hervorragende Reise, während der ich sogar die Gelegenheit hatte, in einem Nachtlokal in Shanghai zu tanzen, was einem denn doch einen anderen Anstrich verleiht, als bei Castel zu schwofen.

Ich weiß nicht mehr weshalb, aber ich nahm als einzige den Rückflug von Shanghai aus. In Peking hatte der Flieger Zwischenstopp, und ich hatte zwölf Stunden Aufenthalt, bis die Maschine von Air France Richtung Paris abhob.

Der Flughafen von Peking ist riesengroß und in stalinistischem Stil erbaut. Er war leer, absolut leer. Nur die Leute vom Putztrupp kehrten und kehrten. Ich hatte das Flugzeug aus Shanghai kaum verlassen, als die Lichter gelöscht wurden und die Rolltreppen stehenblieben. Später erfuhr ich, daß das geschah, um Strom zu sparen. Einen Kaffee? Keinen Kaffee.

Ich wollte meinen Koffer ins erste Stockwerk schleppen, wo eine Reihe einladender Sessel stand. Die Treppe war lang und steil. Ich kapitulierte.

Plötzlich tauchte ein Mann auf, packte meinen Koffer und sagte auf französisch: »Da sehen Sie, daß Männer doch zu etwas taugen.«

Er hatte ein gutes Auftreten, wirkte wie ein Wolf.

Er stellte meinen Koffer neben einen Sessel und entfernte sich, ohne ein weiteres Wort.

Ich wollte mir eine Zigarette anzünden. Mein Feuerzeug war leer.

Er kam zurück, bot mir Feuer und sagte: »Sie rauchen zuviel, schon seit dem Morgen.«

Dann ging er wieder weg.

Ich wollte lesen. Ich entdeckte, daß ich mein Buch in

Shanghai liegengelassen hatte. Was sollte ich zehn Stunden lang machen?

Mein Reisender kam zurück.

»Was werden wir während der zehn Stunden machen?«

»Ich weiß nicht.«

»Sie haben keinen anderen Ausweg, als sich mit mir zu unterhalten.«

Er stellte sich vor.

Ich sagte: »Gerne, aber nicht sofort. Ich muß ein wenig schlafen.«

»Wie Sie wünschen.«

Er entfernte sich.

In Wahrheit hatte ich keine Lust zu schlafen, aber ich wollte meiner Phantasie zu diesem Treffen freien Lauf lassen, eine Novelle, vielleicht sogar einen Roman entwerfen . . .

Und wenn aus einem solchen Treffen die Liebe auf den ersten Blick entstand? Gegenseitige Geständnisse, eine bestimmte Art sich zu erkennen, sich an der Hand zu nehmen, eine innere Unruhe, Zärtlichkeit . . . Zehn Stunden warten, dann noch zehn Stunden Flugzeit bis Paris, das machte zwanzig Stunden: das ist viel, in einem Leben. Genug, um es durcheinanderzubringen, um Bande zu knüpfen, um eine Flamme zu entfachen . . .

Ich sah mein Paar einsamer Reisender vor mir, wie sie vom Verlangen überwältigt werden und sich plötzlich nicht mehr vorstellen können, sich bei der Ankunft in Paris zu trennen. Aber in Roissy werden sie beide erwartet. Sie verabschieden sich höflich und drücken sich nur ein wenig zu lange die Hand. Sie hätten sich beinahe geliebt. Sie werden sich nie wiedersehen.

Mit dieser Geschichte spielte ich in Gedanken . . . Eines Tages werde ich ihr vielleicht eine Form geben.

In Wirklichkeit hatte ich ein paar Stunden angenehmer

Unterhaltung mit einem Mann, der mir von seinem Leben erzählte, von seinem Beruf als Brückenbauer, von der Leidenschaft, die er für Modiano hegte, von den Problemen, die seine Kinder ihm bereiteten, und der ganz einfach sich und mir die Zeit vertreiben wollte. Ganz und gar unromantisch.

In Paris schüttelten wir uns die Hand und versprachen uns ein Wiedersehen. Ich sichtete ihn eines Abends in einem Restaurant. Er war in Begleitung einer ordinären Blondine. Ich hatte keine Lust, ihn anzusprechen.

Das war, von einem kurzen Aufenthalt in Mexiko 1996 und einem in der Türkei abgesehen, meine letzte große Reise.

Die allererste hatte mich 1952 nach Lateinamerika geführt, und zwar anläßlich des Festivals in Punta del Este, wo einer meiner Filme, *L'Amour, madame*, vorgeführt wurde. Ich hatte bis dahin noch nie den Atlantik überquert. Das war weniger üblich als heute. Als ich »über den Wolken« war, erwies sich der Flug zwar als anstrengend, aber ich konnte mich von dem überzeugen, was ich schon wußte. Ich habe im Flugzeug keine Angst. Ein Vorteil, wenn ich mir die Gesichter der anderen Passagiere so ansehe.

Punta del Este ist ein Luxusstrand in Uruguay und wurde damals von argentinischen Snobs besucht. Schöne Gebäude, gute Bedienung, nette Häuschen. Ich teilte mir eines mit Arletty. Jacques Becker und seine Frau waren mit von der Partie. Gérard Phillippe war uns schon vorausgefahren.

In Uruguay gibt es das beste Eis der Welt. Außerdem gibt es unendlich viele Kühe. Eine davon steht sogar in Bronze gegossen auf dem Gelände, auf dem wir untergebracht waren. Ich sagte geschmackloserweise: »Klar ...

das sind ihre Kriegerdenkmäler!«, was nicht besonders geschätzt wurde. Ein Telegramm vom Quai d'Orsay schärfte mir ein, mit meinen Äußerungen vorsichtiger zu sein. Aber am Ende unseres Aufenthalts, der dank des Scharfsinns und Gewitzels von Arletty alles in allem angenehm war, verschärfte ich meine Lage, indem ich äußerte: »Dieser Ort ist ein Konzentrationslager für Milliardäre.« Was haargenau stimmte. Eine neuerliche Verwarnung vom Quai d'Orsay.

Langsam brachte mich das auf die Palme. Ich war ja kein Beamter, daß man mir solche Befehle geben konnte! Glücklicherweise reisten wir rechtzeitig nach Argentinien, das noch von Perón regiert wurde. Wenn man in den breiten Avenuen von Buenos Aires Strafmandate vermeiden wollte, mußte man an seinem Schlüsselbund das Bildnis des Diktators zeigen. Wir wurden von Eva Perón empfangen, und das war ein nachdrückliches Erlebnis. Diese Frau war eindeutig todkrank. Sie war noch immer schön, gebieterisch, aber erschöpft.

Ich erinnerte mich daran, wie sie nach Paris gekommen war, um aus den Händen von Georges Bidault als Dank für die Lebensmittelhilfe, die Argentinien Frankreich 1945 hatte zukommen lassen, die Auszeichnung der Ehrenlegion entgegenzunehmen. Dabei kam es zu folgender pikanter Szene: Eva Perón trug ein schulterfreies Kleid; als der Minister die Medaille befestigen wollte, mußte er mit schamrotem Kopf seine Hand unter das Oberteil ihres Kleides schieben, um sie mit der Anstecknadel nicht zu verletzen. Die Assistentin lachte laut auf. Die Präsidentengattin ließ es voll Anmut über sich ergehen.

Und nun das: Sie würde bald sterben. Die Beliebtheit beim Volk, das Geld, die Macht, nichts konnte sie gegen den Krebs schützen.

Von Argentinien fuhren wir weiter nach Brasilien. Ich

kenne kein Land, das einen beim Kennenlernen mehr packt, denn dort ist für uns alles maßlos. Selbst die Blätter der Bäume sind größer als anderswo. Man befindet sich in einer anderen Dimension und beginnt von Chambord zu träumen.

In Rio zog sich der Strand unendlich hin. Ich wollte schwimmen gehen. Das Meer war wunderbar. Aber was sah ich plötzlich? Einen Hai! Ich flüchtete in gestrecktem Galopp, wenn ich so sagen darf, und kam völlig außer mir am Strand an.

»Was ist denn passiert?« fragte man mich.

»Ein Hai! Dort ist ein Hai!«

»Hatte er das Maul da oder da?«

»Das habe ich doch nicht gesehen.«

»Er müßte es da gehabt haben, das war ein Delphin. Die Delphine sind sehr friedfertig. Da gibt's nichts zu fürchten.«

Wie auch immer. In Rio habe ich den Schrecken meines Lebens durchgemacht.

Präsident Vargas empfing uns. Ich habe mich sehr gut benommen. Ich wollte Frankreich nicht mit Brasilien verfeinden, nachdem ich es durch meine Ausfälle fast mit Uruguay entzweit hätte. Es gab einige Empfänge, einige Abendessen. Vor vierzig Jahren hatte ich sie noch nicht satt und freute mich darüber. Dort spielten bei der Annehmlichkeit des Aufenthalts wieder der Charme und das Feuer von Arletty eine große Rolle.

Im Jahr darauf erlebte ich die USA. Ein Schock. New York mit seinen Hochhäusern, die von Lichtern durchflutet sind. Ich hatte Pierre Lazareff die Reise dorthin abgekämpft.

»Aber es gibt nichts mehr über die Vereinigten Staaten zu sagen, meine Liebe, man hat bereits alles aufgeschrieben.«

»Ich werde etwas finden. Bitte, Pierrot.«

Er hatte nachgegeben. Ich hatte mir in den Kopf gesetzt, für *Elle* eine Reportage über die amerikanischen Frauen zu schreiben.

Um gleich zu beginnen: Ich bin in einem Hotel abgestiegen, das für Frauen reserviert war, das *Barbizon for women*. Ob es noch existiert? Ich weiß es nicht. Damals war es ausgeschlossen, daß ein Mann seine Schwelle überschritt. Die Zimmer waren durch ein gemeinsames Bad getrennt, wo man, an einem Draht aufgehängt, die frisch gewaschenen Slips der Nachbarin betrachten konnte. Es herrschte die Atmosphäre von Kemenaten.

Um die Zuverlässigkeit der Sperren, hinter denen all diese Tugenden behütet wurden, zu testen, bat ich einen meiner Freunde eines Abends, mich abzuholen. Er durfte nicht einmal durch die Eingangstür treten.

Ich kannte viele Leute in New York, aber ich wollte nicht so diese Welt kennenlernen. Also ließ ich mich in einem Kaufhaus, bei *Lord & Taylor*, als Verkäuferin anstellen. Damals fand man in New York immer Arbeit. Man steckte mich in die Kleiderabteilung. Und da lernte ich binnen vierzehn Tagen wirklich etwas über das außergewöhnliche Betragen der Amerikanerinnen. Ich schloß mit den anderen Verkäuferinnen Freundschaft, und sie luden mich zu sich nach Hause ein. Dadurch erfuhr ich noch mehr. Die Mischung aus Unkompliziertheit und Brutalität in den zwischenmenschlichen Beziehungen, das völlige Fehlen von Unterwürfigkeit des Personals gegenüber der Kundschaft, die sie als ihresgleichen behandelten, alles war anders.

Zehn Jahre später war ich in Moskau. Mein Freund Igor Markewitsch, der Dirigent, nahm mich mit. Er sollte Konzerte geben. Es war noch das Moskau unter Chruschtschow, eingeschlossen, unzugänglich, versteinert, aber unter den Schneemassen sehr beeindruckend. Man organisierte für mich die klassischen Besichtigungstouren: das Heißwasserbad im Freien, das Puschkinmuseum, dieses Kloster, dessen Namen ich vergessen habe, dreißig Kilometer außerhalb von Moskau, wo ich Leute so andächtig beten sah wie nirgendwo vorher, die U-Bahn mit dem riesigen Porträt von Stalin, das in die Keramikwände eingegossen scheint.

Einer meiner französischen Freunde, dessen Verlobte in Moskau lebte – für die er sich verzweifelt um ein Ausreisevisum bemühte –, hatte mich gebeten, ihr einige kleine Geschenke aus Paris mitzubringen. Die junge Frau besuchte mich im Hotel. Zuerst war sie von der Größe meines Zimmers überwältigt, die die Wohnung, in der sie mit ihrer ganzen Familie zusammengepfercht war, um einiges überschritt. Dann nahm ich sie zum Essen zu Rostropowitsch mit. Dort machte sie die Anwesenheit eines Dienstmädchens rasend, und immer wieder diese ausladenden Räume, und die Tatsache, daß wir über ein Auto verfügten. Sie entdeckte im Grunde genommen die Privilegierten und geißelte das System dafür.

»Wenn Sie sie in Ihrem Zimmer empfangen, seien Sie vorsichtig«, warnte mich Rostropowitsch. »Es ist sicher voller Abhörwanzen. Sie könnte vielleicht unvorsichtig sein.«

Am nächsten Tag versuchte ich die Wanzen ausfindig zu machen. Ich durchsuchte alles. Endlich entdeckte ich unter dem Teppich eine verdächtige Unebenheit. Es war ein kleiner Metallring. Da hatte ich mein Mikro! Mit einer Schere gelang es mir, das Ding aus dem Boden zu entfernen. Plötzlich hörte man ein entsetzliches Krachen: Der Metallring hatte den Luster im Zimmer unter mir gehalten. Der war zu Boden gestürzt.

Durcheinander auf dem Stockwerk.

Eine Frau sprühte vor Wut und fuhr mich an: »Was haben Sie getan? Was haben Sie getan?«

Sie beherrschte ein paar Brocken Französisch. Ich antwortete ihr: »Es ist Ihre Schuld. Wenn die Zimmer nicht verwanzt wären, würde man nicht versuchen sie auszuschalten.«

Die Affäre weitete sich immer mehr aus und wurde genau in dem Moment beigelegt, als ich mich fragte, ob ich in der Lubjanka enden würde. Der Hoteldirektor kam lediglich, um mich darüber zu unterrichten, daß ich aufgrund außergewöhnlicher Milde unter der Bedingung, mich in Zukunft ruhig zu verhalten und den zerbrochenen Luster zu bezahlen, nicht weiter behelligt würde. Ich kam glimpflich davon.

Im Laufe derselben Reise haben wir Chruschtschow getroffen, voll saftiger Scherze und zum Schäkern aufgelegt. Er wollte unbedingt, daß ich eine Zigarre rauchte. Als ich kniff, meinte er: »Na gut, dann nehmen Sie sie mit. Ich habe viele. Mein lieber Freund (gemeint war Fidel Castro) schickt sie mir.«

Er brach in Gelächter aus.

Ich nahm die Zigarre. In Paris gab ich sie J.-J. S.-S. und mahnte ihn: »Seien Sie sich über den Wert im klaren. Eine Zigarre, die Chruschtschow von Castro angeboten wurde, raucht man nicht alle Tage.«

Dann schrieb ich eine Serie von Artikeln für *France-Soir,* »Moscou à fleur de peau«. Lazareff war zufrieden mit mir.

Um eine Stadt kennenzulernen – was soll man dann erst über ein Land sagen? –, braucht man zehn Jahre. Aber die Städte haben wie die Menschen Gesichter, auf denen man mit einem Blick eine bestimmte Wahrheit erfassen kann. Diesen Blick hatte ich auf Moskau geworfen.

Ich war vor ein paar Jahren unter Gorbatschow noch

einmal dort. Alles war verändert. Bis zum Benehmen der Taxifahrer. Das Gesicht der Stadt war verzerrt.

Das waren also einige meiner Reiseabenteuer. Ich hatte noch einige andere unter anderen Himmeln, in Kuba, in Mexiko, in Japan, in Hongkong, in Ägypten und wo weiß ich noch. In Jugoslawien, wohin Giscard mich mitgenommen hat und wo ich im kleinen Kreis mit Tito speiste, der mich mit seinen gefärbten Haaren in operettenhafter Umgebung und an der Seite seiner mit Diamanten übersäten Gattin in Erstaunen versetzte. Tito!

In Angkor hatte ich das Glück, mit einer kleinen Reisegruppe zu den letzten Menschen zu gehören, die den Tempel Angkor Vat betreten durften, bevor der Krieg ausbrach und es unmöglich machte. Von allen Meisterwerken der Erde ist es wahrscheinlich dasjenige, das in mir den tiefsten Eindruck hinterlassen hat, sosehr ist dieser Ort von einem Geist der Gnade und Schönheit durchweht.

Im allgemeinen bin ich eine ungeeignete Reisende, den touristischen Pfaden abgeneigt und gegen organisierte Ausflüge eingestellt. Ich möchte die Dinge allein sehen oder mit nur ganz wenigen Leuten zusammen, im mir gemäßen Tempo . . .

Das ist schwierig. In den fernen Ländern ist für den einzelnen Reisenden wenig vorgesorgt. Man wird geführt, bevormundet, wie eine Herde Kleinkinder an der Hand genommen, dem Geschwätz dieser Herde unterworfen, die das Schweigen mißachtet, ohne das einen nichts beeindrucken kann.

Das Glück wollte es, daß ich die Welt unter idealen Bedingungen bereisen konnte. Es bleibt mir nur noch das unendliche Bedauern, daß ich nichts mehr davon wiederholen kann. Nie wieder werde ich in Ägypten über dem

Tempel von Abu Simbel die Sonne aufgehen sehen. Doch glücklicherweise ist Paris so schön, daß man sich bei seinem Anblick das Herz jeden Tag erwärmen kann.

Im Iran genoß ich das Privileg, den Schah in seinem Palast zu treffen. Das war damals, als man ihm in Frankreich lauthals die schlechte Behandlung seiner Gegner vorwarf. Sein Premierminister, Amir Hoveyda, hatte es für klug erachtet, einige französische Chefredakteure und andere vermutlich einflußreiche Personen zu einer »Informationsreise« einzuladen. Darunter »Schwergewichtler« wie Gaston Deferre und Marcel Bleustein.

Das Ganze begann mit einem zusammenhanglosen Gespräch, darauf folgte ein geopolitischer Vortrag. Der Mann war intelligent, sprach vorzüglich französisch, aber er hielt uns offenbar für Narren, die bereit waren, seine imperialistischen Parolen im Austausch gegen einige abgedroschene Phrasen über das Ewige Frankreich, die Mutter der Künste, zu schlucken. Er hatte wohl nicht mit den Querköpfen unter uns gerechnet.

Als erstes griff ihn Gaston Deferre an, ich übernahm die Staffel. Wir wollten Genaueres über das Schicksal der politischen Gefangenen wissen. Zuerst einmal: Gab es sie überhaupt? Wie viele? Warum?

Der Schah war erzürnt. Er blieb zwar höflich, wurde aber so herablassend, uns mitzuteilen, wir verstünden, wie er erwartet hätte, nichts vom Iran – was nebenbei gesagt stimmte, wie die Ereignisse bald beweisen sollten. Aber wer verstand damals? Bestimmt nicht dieser düstere Monarch, der in seinem Palast eingesperrt in der Überzeugung lebte, sein Volk liebe ihn und nur einige Unruhestifter . . .

Amir Hoveyda, der gewitzte Premierminister, bemühte sich, den ungünstigen Eindruck, den der Schah hinterlassen hatte, zu zerstreuen, indem er uns an den Genüssen des mondänen Lebens im Iran teilhaben ließ: Hubschrauberflüge innerhalb der Stadt, um nicht von Staus belästigt zu werden, hübsche, in Paris eingekleidete und mit Schmuck behangene Frauen, Kaviar in rauhen Mengen, ein Abendempfang, an dem der Schah hätte teilnehmen sollen, der aber ausrichten ließ, er leide an Zahnschmerzen . . .

Am nächsten Tag nahm uns seine Zwillingsschwester Ashraf auf einen Rundflug im Hubschrauber mit, und wir landeten bei einer Art Bauernhof mitten in den Bergen. Dort erwartete uns plötzlich das Mittelalter. Ashraf trug ein enganliegendes, buntes, sehr kurzes Kleid, hatte auffallend rote Fingernägel und knallrote Lippen.

Ich fragte sie: »Wie werden die Bauern Ihr Erscheinen in diesem Aufzug aufnehmen? Bei uns würden sie es nicht sehr schätzen.«

»Sie sind hingerissen. Sie lieben alles Moderne und freuen sich, mich zu sehen.«

Das war der Augenblick auf dieser Reise, als ich dachte: »Wenn sie das glaubt, ist sie verrückt.«

Aber alles schien wie geschmiert zu laufen. Natürlich war keine Rede davon, daß wir Oppositionelle treffen konnten, wir waren ja keine Untersuchungskommission.

Wir kehrten mit Kaviar beladen heim und hatten keine einzige bedeutsame Information über den Iran erhalten. Es gab in der Fassade keinen Riß, durch den sie uns hätte erreichen können.

Als die Revolution der Ayatollahs ausbrach, deren Folgen jeder kennt, war mein einziger Trost, daß niemand – niemand bis in die wachsamsten Staatskanzleien – sie vorhergesehen hatte und daß es in Frankreich sogar Intellektuelle gab, die meinten, es handle sich um den Triumph der Demokratie über eine Autokratie.

Was mich betrifft, so habe ich nicht verziehen, daß man

Hoveyda hinrichtete, der saubere Hände hatte und ein verläßlicher Freund Frankreichs war, den wir, ohne den kleinen Finger für seine Rettung zu rühren, aufgaben, wogegen wir Khomeini Asyl geboten hatten.

Wo bin ich nun bei den Reisen, die soviel zu meinem Lebensglück beigetragen haben, steckengeblieben?

Das Ärgerliche ist die Tatsache, daß ich nie die richtigen Wege finde. In dieser Hinsicht habe ich ein Loch im Hirn, einen vollkommen fehlenden Orientierungssinn. Ich habe mich in allen Städten, in die ich meine Zehenspitzen setzte, verlaufen und verbinde damit bestürzende Erinnerungen. Wer soll die Angst der Touristen schildern, die in der Dämmerung in den Straßen von Tokio oder Hongkong auf der Suche nach einem Taxi, das wahrscheinlich nie auftauchen wird, vom Weg abgekommen sind?

Die Entdeckung Israels habe ich A. zu verdanken. Mich erwartete dort keinerlei berufliche Pflicht. A. mußte hin – er war der Verleger von Moshe Dayan –, und um ihm eine Freude zu bereiten, begleitete ich ihn.

Die Erschütterung. Jerusalem eingetaucht in sein blaues Licht zu sehen, die Ergriffenheit vor den Schauplätzen der Bibel und der Gottesgeschichte, dem Ölberg, den Bergwerken des Königs Salomon, wurden hundertmal beschrieben.

Wir badeten inmitten der Korallen von Akaba im Roten Meer, das zu der Stunde, in der die Berge sich darin spiegeln, wirklich rot ist.

Als gute Franzosen wetterten wir über das abscheuliche Essen. Ich war immer erbost über die Leute, die nach einer Reise nur davon sprechen, was sie gegessen haben. Aber man muß gestehen, daß ein bestimmtes Maß der

Unverträglichkeit für französische Gaumen einen nervös macht. Israel übertraf darin alles.

Ich hatte den Plan gefaßt, in allen Meeren der Erde zu baden, aber ich habe dieses sonderbare Begehren nicht verwirklicht. Doch manchmal betrachtete ich mit A. eine Erdkarte und zeigte ihm mit dem Finger alle blauen Pfützen vom Golf von Bengalen bis zu dem von Mexiko, in denen ich geschwommen bin, und alle jene, die in meiner Siegerliste noch fehlten.

Er sagte: »Wir werden hinfahren. Wenn du es dir genehmigst, ein bißchen weniger zu arbeiten und ab und zu Urlaub zu nehmen, werden wir hinfahren. Wir haben das Leben vor uns.«

Ach!

Nie werde ich den Geschmack des Baltischen Meeres kennenlernen, nie den der Chinesischen See und den so vieler anderer. Und an dem Tag, an dem ich während einer Woche der Entspannung in Griechenland ohne ihn im Ägäischen Meer badete, hatte ich das heftige Gefühl, meinen geliebten, so zärtlichen und meinen Träumen gegenüber so nachsichtigen Gefährten zu verraten.

Daß ich die Türkei, die Heimat meiner Vorfahren, in die ich nie meinen Fuß gesetzt habe, doch noch entdeckte, verdanke ich François Mitterrand. Er begab sich auf einen Staatsbesuch dorthin und nahm mich mit. Das war eine Aufmerksamkeit der Art, wie sie ihm entsprach. Mit dem Präsidenten der Republik zu reisen ist ziemlich bequem: Man muß sich nicht ums Gepäck kümmern, und der Zeitplan ist perfekt.

Nach einer Nacht in Ankara mußten wir uns nach Istanbul begeben, und ich überließ mich meinen Träumen. Meine Mutter hatte mir soviel von dieser Stadt, die sie Konstantinopel nannte, erzählt, von der Blauen Moschee, Fahrten auf dem Bosporus. Endlich würde ich das alles sehen!

Unsere Koffer mußten vor Mitternacht gepackt sein, um weggebracht und vor der Morgendämmerung verladen zu werden. Beim Schlafengehen merkte ich, daß ich die kleinen Pillen, die mir Schlaf gewährleisten, im Koffer gelassen hatte. Ich rase hinunter. Zu spät: Der Koffer ist schon weg. Das bedeutet, daß ich kein Auge zutun und am nächsten Morgen hundemüde sein werde. Das wird nicht angenehm sein, das wird mir Konstantinopel vergällen. Ich ärgere mich schwarz. Was tun? Die großartigen Mittelchen versuchen. Das heißt, mit meinem Gehirn sprechen, ihm eintrichtern, so zu reagieren, als habe es seine übliche Dosis an Schlafmittel bekommen, mich intensiv auf die feine Anweisung konzentrieren, die ich ihm gegeben habe. Es funktionierte. Am nächsten Tag war ich gerüstet, um die berühmten Zisternen zu besichtigen und hinter François Mitterrand durch Moscheen zu trotten.

Er war so charmant, wie er es sein kann, befragte mich über meinen Vater, meinen Großvater, den Arzt und Oberst, der den Roten Sultan behandelt hatte. Er wollte alles wissen.

»Berührt es Sie, hier zu sein?«

Um ehrlich zu sein: nein. Mein Vater hatte vor meiner Geburt aus diesem Land flüchten müssen. Ich hatte hier weder Wurzeln noch Erinnerungen. Aber ich war froh, das zu sehen, was die Augen meiner Eltern angesehen hatten. Das, ja, das war berührend.

»Ihre Familie hat doch sicher ein Grabmal auf dem Friedhof.«

»Nein. Meine ganze Familie ist in Frankreich beerdigt.«

Er war enttäuscht, daß ich keine Grabstätte besuchen mußte.

Als unser Gespräch sich in die Länge zog, wurde seine

Eskorte, wenn auch respektvoll, ungeduldig. Er kürzte es ab.

Ein großes protokollarisches und langweiliges Abendessen, das im Programm nicht vorgesehen war, beschloß diesen Tag nach Mitternacht. Als das Flugzeug uns endlich Richtung Paris brachte, fragte ich mich, wie François Mitterrand die Kraft aufbrachte, solche Strapazen zu ertragen. Es gibt eine Gnade der Macht.

Die Wahl von François Mitterrand im Jahre 1981 freute mich. Ich hegte Giscard gegenüber keinerlei Groll, ich hielt ihn nach wie vor für den fähigsten Mann seiner Generation, aber er hatte »ausgespielt«. Eine zu knappe Mehrheit, die er nach seiner Wahl noch mehr auseinanderdriften ließ, anstatt sie zu festigen; ein bösartiger Gegner, Jacques Chirac, im eigenen Lager; ein Reformwillen, der nach glänzenden Auftakten gelähmt wurde. Zu allem Überfluß war er nicht beliebt, obwohl er es sich sosehr gewünscht hätte. Der gekünstelte Hang zum Aristokratentum, obwohl er in Wirklichkeit ein Großbürger war, wurde belächelt, wenn er nicht sogar Zorn erregte. Auf jeden Fall entfernte er ihn von den Leuten.

Mitterrand war etwas anderes. Und jenseits der Zuneigung, die ich für ihn persönlich empfand, war endlich die Linke an der Macht. Ich hatte es mir sehnlichst gewünscht! A. war schier verrückt vor Freude!

Am Wahlabend feierten wir bei Georges Kiejman, während die Massen zur Bastille drängten. Mendès France war mit seiner Frau gekommen. Er war gerührt. In der Tat waren wir alle gerührt. Die Linke an der Macht! Nach so vielen Jahren und so vielen verlorenen Schlachten!

Ich sagte es schon: Mendès France mochte Mitterrand – zuviel Talent – nie, der zahlte es ihm – zuviel Ansehen – reichlich heim. Aber an diesem Abend war er glücklich. Die Konkurrenz war verschwunden. Der eine triumphierte, aber der andere war absichtlich aus dem Spiel ausgeschieden. Es gab einen Sieg, über den Mendès France unendlich glücklich war. Jemand kam zu ihm und befragte ihn, wie es seiner Meinung nach weitergehen werde. Ein Glitzern kam in seine Augen. »Die Wogen werden hoch gehen.« Der Ausdruck war ihm geläufig.

Die Wogen gingen hoch. Und genau in der Art, wie er es geahnt hatte. Aber François Mitterrand hat ihn nie zu Rate gezogen. P.M.F. ist plötzlich gestorben, ohne sich geäußert zu haben, und der siegreiche Sozialismus stieß 1983 an Mauern.

Aber nun! Was ist ein Politiker ohne Macht? Mitterrand wußte sie gegen jedermann zu gewinnen. Und er sollte sie vierzehn Jahre lang behalten!

Ich persönlich war nicht optimistisch. Auf Betreiben von Raymond Barre und Michel Albert hatte ich den Vorsitz in einer Planungskommission zur Zukunft der Arbeit. Eine Reihe von Spezialisten hatte mehrere Wochen über das Thema diskutiert. Ihre Vorherschau ergab für die Zukunft des Landes ein reichlich düsteres Bild: unausweichlicher Anstieg der Arbeitslosigkeit; unausweichlicher Rückgang der Einkommen, was von der Bevölkerung noch nicht wahrgenommen, aber befürchtet wurde; andauernder Protest gegen die Obrigkeit, die als unwürdig angesehen wurde, Macht auszuüben; wahrscheinliche Zuflucht zur notwendigen Arbeitsteilung . . . Fünfzehn Jahre danach steht es noch genauso, nur haben sich inzwischen die Zahlen merklich verschärft . . . Als ob niemand die Berichte der Planungskommission wirklich gelesen hätte.

»Sie machen sich zuviel Sorgen«, sagte A. zu mir, »das ist unvernünftig. Sie sind doch nicht für Frankreichs Regierung verantwortlich!«

Nein, Gott sei Dank! Aber dieses Stückchen Verantwortung, das ich gehabt hatte, hatte ich bis zur Neige erfüllen wollen, hatte die Alarmanlage in Bewegung setzen und sicher sein wollen, daß man höhern Orts Kenntnis von den erschreckenden Anzeichen hatte. Aber höhern Orts schaukelte man auf dem Wagen der Illusionen durch die Gegend.

Ich arbeitete gerade an meiner Biografie über Marie Curie, als A. zu mir sagte: »Ich werde Sie nach Madrid mitnehmen.«

»Gerne. Was machen wir dort?«

»Na, was wohl! Wir gehen zur Weltmeisterschaft, zum Halbfinale der Weltmeisterschaft!«

Wir trafen dort Henry Kissinger. Der amerikanische Staatsmann war einer von A.s Autoren. Ich hatte auf seine Bitte die französische Übersetzung seiner Erinnerungen durchgesehen, und wir knüpfen freundschaftliche Bande. Er wurde oft verunglimpft, aber ich habe ihn sehr gern, seinen deutschen Akzent, seinen europäischen Geist, seinen rührenden Snobismus. Er war ein Fußballnarr, hatte sich umsonst bemüht, das Spiel in der französischen Version in den USA einzuführen.

Man muß das Fußballspiel mögen. Ich mag es. Das Halbfinale, das Frankreich gegen Deutschland verlor, obwohl unsere Spieler soviel Schwung zeigten, brach uns fast das Herz. Da sah man auch, ein unvergeßlicher Augenblick, wie ein deutscher Torhüter, Schumacher, dem französischen Spieler Battiston das Kinn brach. Ekelhaft. Empörend.

Nach dem Match war das Gedränge in den Straßen von Madrid dermaßen, daß man kaum vorwärtskam. Wie sollten wir Kissinger treffen? Wir trafen ihn. Er war zusammen mit dem früheren deutschen Weltmeister Bekkenbauer. So begann einer jener feuchtfröhlichen Abende, an denen die Amateurfußballer ihre Erinnerungen beschwören.

Es blieb am nächsten Tag noch Zeit, den Werken von

Vélasquez und Goya einen Besuch abzustatten, und dann kehrten wir nach Paris zurück, noch völlig mitgenommen von der Enttäuschung.

Im Herbst läutete eines Morgens A. an meiner Tür. Ich wußte, daß er wegen immer wiederkehrender Halsbeschwerden einen Arzt aufgesucht hatte.

Er trat ein und sagte einfach: »Ich habe Krebs.«

So endeten die schönsten Jahre meines Lebens, die ich in der Wärme seiner erfrischenden Liebe verbracht hatte.

Ich muß nur seinen Namen schreiben, schon schießen mir die Tränen in die Augen, sosehr war er für das Leben geschaffen. Er schien aus Granit gehauen, und seine Mutter war hundert Jahre alt geworden, also hoffte ich, vor ihm zu sterben. Er würde mir nicht den Streich spielen, mich allein zu lassen, davon war ich überzeugt. Er würde dasein, um mir die Augen zu schließen.

Er ist nicht da, er ist nicht mehr da, während er mich verkruste . . .

1983, Irrtum vorbehalten, bat mich Jean Daniel, die Fernsehkritik beim *Nouvel Observateur* zu übernehmen. Maurice Clavier, der dieser Rubrik einen besonderen Anstrich verliehen hatte, war gerade gestorben. Ich hatte zwischen zwei Büchern Zeit und dachte, daß das Fernsehen ein einflußreiches Medium war, das die Intellektuellen zum Großteil außer acht ließen, außerdem war ich durch den Zustand von A. an Paris gebunden, und mit Jean Daniel verband mich eine alte Freundschaft. Ich nahm sein Angebot an.

Später erfuhr ich, daß das im Kern der Redaktion des *Obs* nicht allen paßte.

»Das ist eine *has-been*«, sagten sie.

Aber Daniel stand dazu. Ich glaube, daß er es nicht bedauert hat.

Ich hatte nicht geahnt, wieviel Arbeit diese Rubrik machen würde. Das Schreiben ist nichts, aber man muß schauen. Manchmal, besonders gegen Ende der Saison, habe ich das Fernsehen satt und würde meine Stelle am liebsten hinschmeißen. Aber klugerweise mache ich mich wieder ans Werk, überzeugt davon, daß man wissen muß, was die Franzosen aufnehmen, um zu verstehen, was aus ihnen werden wird.

Und dann ist A. entschwunden, und ich fiel in ein schwarzes Loch.

Es kommt vor, daß Kehlkopfkrebs geheilt wird. Zwischen den Bestrahlungen und der Chemotherapie haben wir lange gehofft. Aber sein Zustand verschlechterte sich, sein Leiden nahm zu, er bekam kaum noch Luft. Da bat er mich, ihm einen Todeskampf zu ersparen, bei dem er fürchten mußte zu ersticken.

Aus Liebe zu ihm habe ich nachgegeben. Das ist eine Prüfung, die man nicht ungestraft durchläuft.

Ich bezahlte sie mit einer üblen Depression, der wahren, der reinen Depression, bei der man morgens nicht mehr aufstehen will, bei der man nichts mehr kann. Ich wiederholte mir mechanisch die Verse von Max Jacob: *»Mein Gott, was habe ich es satt, ohne Hoffnung zu sein und das schwere Gewicht meines Verfalls zu tragen.«* Ich war ein Nichts.

Eines Tages, als ich mich mit meinem Artikel für den *Obs* abmühte, konnte ich nicht mehr. Ich fand meine Worte nicht mehr. Ich verlor vollkommen den Verstand. Das war die Situation, vor der ich mich immer gefürchtet hatte: plötzlich nicht mehr schreiben zu können. Ich nahm all meine Kraft zusammen, um mich zu einem Psychiater zu schleppen. Er konnte mich binnen einer Woche von diesem gräßlichen Zustand befreien, aber nicht von der Depression, in der ich steckte. Es waren mehrere Monate und eine strenge Behandlung nötig, bis ich die Lust am Leben und am Schreiben wiederfand.

Die Depression ist das Übel, das ich meinem schlimmsten Feind wünschen würde, wenn ich einen hätte. Aber ich habe keinen, nur ein paar kleine Feinde ohne Bedeutung.

Schließlich kam ich langsam wieder hoch ... Die Früchte gewannen ihren Geschmack zurück, die Blumen ihre Farbe, die Sonne ihre Milde. Es war, als ob das Leben sich nach einer Versteinerung daran gemacht hätte, wieder unter meiner Haut und in meinen Adern zu pulsieren; ich hatte ununterbrochen Angst zusammenzubrechen, aber ich brach nicht zusammen, jedenfalls nur ein wenig. Das ging vorüber, ich war gerettet.

Ich fühlte mich noch wie die Überlebende eines Schiffbruchs, als ein Kunstverleger, José Alvarez, mich bat, einen Text von fünfzig Seiten zu einem Fotoband über Dior zu schreiben. Fünfzig Seiten, das war ein Ausmaß, das ich trotz meiner Schwäche bewältigen konnte. Und ich empfand ein gewisses Vergnügen dabei, in eine Welt des Luxus und der Raffinesse zu tauchen.

Ich liebe den Luxus, den wirklichen, der nicht auf den ersten Blick sichtbar ist. Der perfekte Schnitt eines Kleidungsstücks, die Weichheit einer Kaschmirdecke ...

Ich hatte Christian Dior, den ich für einen großen Modeschöpfer hielt, gut gekannt, ich hatte Kleider von ihm getragen, weil er mir großzügigerweise äußerst günstige Preise machte, ich liebte die *Haute Couture*, die zumindest in Frankreich und Italien zu den schönen Künsten gehört ... Es war eine angenehme Arbeit, die mich bezüglich meiner Schreibfähigkeit beruhigte. Der Band ging um die ganze Welt. Der Name Dior ist überall voll Anziehungskraft geblieben.

Eine ganz andere Geschichte war es, auf Betreiben eines anderen Verlegers, Maren Sell, mit Günter Grass über Deutschland und Frankreich zu sprechen. Grass ist kein umgänglicher Kunde. Düster, rauh ... Unser Dialog fand bei ihm zu Hause in Hamburg statt, einer Stadt, die wie alle großen Häfen fesselnd ist, grau und grau, mit Häusern, die an England erinnern. Aber ich hatte kaum Zeit, sie zu besichtigen. Wir hatten schwer zu arbeiten. Grass sprach Deutsch, ich Französisch, der Gedankenaustausch war mühsam, der endgültige Text erforderte von beiden Seiten eine lange und genaue Korrektur ... Ich war mit dieser Arbeit, die mich soviel Anstrengung gekostet hatte, nur mittelmäßig zufrieden.

Ich tröstete mich, indem ich die Biografie von Alma Mahler verfaßte. Was für ein Weibsstück! Aber was für eine Persönlichkeit ... In der Geschichte Wiens um die Jahrhundertwende, das Wien von Freud, Schnitzler, Weininger, Klimt einzutauchen, die Zeit eines Buches mit Mahler zu verbringen, war köstlich. Eine Reise in die österreichische Hauptstadt, um meine Dokumentation zu vervollständigen, brachte mir eine angenehme Ruhepause ein. Es gibt in Wien so viel zu sehen. Das Museum, in dem man in einem Gang verborgen einen Vermeer entdecken kann, die Gemälde von Klimt, das Postgebäude, das von diesem berühmten Architekten entworfen wurde, dessen Namen ich vergessen habe, hundert Wunder ... Ich war auf dem Friedhof, um das Grabmal Alma Mahlers zu sehen, das merkwürdigerweise von dem ihrer Tochter weit entfernt liegt. Meine Freundin Eliane Victor und ein österreichischer Musikwissenschaftler, der sich bereit erklärt hatte, uns als Führer zu dienen, begleiteten mich. Dieser Abstecher half mir, mein Gleichgewicht wiederzufinden. Ich hatte die Fähigkeit, mich für etwas zu interessieren, zurückgewonnen.

Es blieb mir nur noch, das Alleinsein zu lernen, das ich außer in meiner Jugend bis dahin nicht gekannt hatte. Ich hatte immer geglaubt, es sei schlechter Gesellschaft vorzuziehen. Aber zu leben, ohne jemals die Stütze eines Mannes zu haben, ohne jenes Bad an Zärtlichkeit, an das A. mich gewöhnt hatte, ohne mit jemandem seine Einfälle, seine Gefühle, sein Gelächter austauschen zu können, ist schwer. Man erstickt manchmal an dieser Einsamkeit.

Mit siebzig war ich zu alt, um neue Liebesbande zu knüpfen, wozu ich im übrigen gar keine Lust hatte.

Wie sagte Chanel so schön: »Ein alter Mann, welcher Schrecken! Ein junger Mann, welche Schande!«

Ich lernte also, ohne Mann zu leben. Ein Kreis von Freundinnen und Freunden, die ich regelmäßig treffe und die mir das wundervolle Geschenk ihrer Fürsorge machen, schützt mich vor der grausamen Kälte der Einsamkeit. Hinzu kommt die wertvollste dieser Freundinnen, meine Tochter.

So habe ich nach und nach das Glücksgefühl zurückgewonnen, am Leben zu sein.

Aber als ich *Leçons particuliéres* schreiben wollte, richtete sich eine unüberwindliche Barriere in mir auf. Ich konnte kein Wort formulieren, das nicht von A. sprach. Die Erinnerung an ihn blockierte alles andere. Sie lähmte mir die Feder, bis ich mich entschloß, mich auf eine bestimmte Art ganz brutal herauszufordern.

Man darf nicht glauben, daß man immer das schreibt, was man will. Man schreibt das, was eine innere Kraft einem gebietet, außer man erdichtet etwas, aber das ist etwas ganz anderes.

Was man schreibt, ist gut, ist schlecht, man weiß es nicht, man zerreißt es, man beginnt von vorn, man leidet, man reißt sich das Herz Stück für Stück aus dem Leib, und dann ist das Buch eines Tages da. Fertig. Ein Ding, das wie ein Kind aus einem selbst hervorgekommen ist, von dem man noch nicht weiß, ob es überleben wird, ob es zu atmen beginnen wird oder ob es sich zu den Tausenden Seiten vergrabener Manuskripte gesellen wird.

Nein, man schreibt nicht das, was man will. Das einzige, was man selbst wählt, ist das Thema . . .

Die Aufnahme von Marie Curie und Alma Mahler ermutigte mich dazu, erneut den Weg einer Biografie einzuschlagen. Ich suchte also nach einer geeigneten Frau. Einige Zeilen in einer Zeitung ließen mich an Jenny Marx denken. Daraus wurde *La Femme du diable.*

Manchmal sagt man mir: »Sie arbeiten zuviel . . .«

Das gebe ich zu, aber es ist eine vertraute Gewohnheit. Und was soll ich sonst schon tun? Ich kann keinen Sport mehr treiben, Spiele wie Bridge oder Gin-Rummy, mit denen alte müßige Damen sich beschäftigen, mag ich nicht, niemand braucht mich, meine Familie ist mir zwar lieb, aber sie nimmt mich kaum in Anspruch, was sollte ich also Besseres tun, als zu arbeiten? Von einem Artikel pro Woche abgesehen, steht es mir völlig offen, jedes Buch zu schreiben, auf das ich Lust habe. Das ist ein großes Privileg. Ich nütze es.

Bleibt die Wahl der Themen. Wenn es sich um eine Biografie handelt, muß man sich klar darüber sein, daß man ein Jahr, manchmal länger, mit dieser Person leben wird. Möchte man dieses Zusammenleben?

Jenny Marx reizte mich sehr. Ich wußte, daß ich damit einen kommerziellen Mißerfolg riskierte, da der Name Marx ein gewisses Publikum abschreckt. Aber sei's drum. Ich bin keine Kauffrau. Dieses Leben zu erzählen bedeutete natürlich auch, das von Marx zu erzählen, und das gefiel mir. Ich habe wie eine Wilde an diesem Thema gearbeitet und wurde dafür durch das Vergnügen entschädigt, das es mir bereitete. Der Verkauf war nicht so erfolgreich wie der von Alma Mahler, aber trotzdem gut, und das Buch wurde in der ganzen Welt übersetzt. Ich war zufrieden.

Damals tauchte Bernard-Henri Lévy in meinem Leben auf. Er sollte darin reichlich Raum einnehmen.

In Wahrheit kannte ich ihn schon lange. Vor ungefähr zwanzig Jahren hatten wir gemeinsam bei ich weiß nicht mehr wem gesessen und an diesem Abend damit getändelt, einander verführen zu wollen, was damals keine Folgen hatte. Dann hatten wir uns viel später mit einigen Freunden, darunter Jacques Attali, Guy Sorman, Patrick Siegler Lathrop, Marek Halter und anderen, im Zuge der Gründung der Action internationale contre la Faim* wiedergetroffen. Dieser hochtrabende Titel drückte die Empörung einer Handvoll Menschen über den Hunger in der Welt aus, ein Thema, das die Massen damals kaum erregte. Wir wollten die Meinung erschüttern, wirken, den Papst herausfordern, Komitees quer durch Frankreich gründen, was weiß ich . . . Alfred Kastler, ein Nobelpreisträger, würde unser erster Präsident sein. B.H.L. hatte eine großartige Charta ausgearbeitet. Wir mußten unsere guten Vorhaben nur noch umsetzen.

Wir hatten mit dem, was man seither das »Humanitäre« nennt, natürlich keinerlei Erfahrung. Es gab schnell eine Möglichkeit, uns auf die Probe zu stellen. Das war der Beginn des Krieges in Afghanistan.

Eines Abends stellte sich ein afghanischer Arzt, der von unserer Vereinigung gehört hatte, bei mir ein, während wir gerade versammelt waren, und sagte: »Wenn Sie nützlich sein wollen, besorgen Sie Zelte für die afghanischen Flüchtlinge, die nach Pakistan strömen werden. Sonst er-

* Internationale Aktion gegen den Hunger. (Anm. d. Ü.)

frieren sie. Pakistan kann sie ernähren, aber nicht unterbringen.«

Auf der Stelle stürzte einer von uns, Gilles Hertzog, nach Pakistan, um zu prüfen, ob vor Ort die entsprechenden Zelte hergestellt werden konnten, und kam mit präzisen Zahlen zurück. Am nächsten Tag ergriff ich auf *Europe I* ein Mikro, um einen Appell zu verlesen: Er brachte 500 000 Francs ein. Das reichte für viele Zelte. Wir waren nicht wenig stolz.

Diese humanitäre Bastelei war der erste Schritt eines langen Wegs, der uns dahin führte, die Gesundheitsversorgung von hunderttausend Flüchtlingen zu unserer Aufgabe zu machen und hauptsächlich Ärztinnen nach Pakistan zu entsenden, weil die afghanischen Frauen sich weigerten, von Männern untersucht zu werden. Das wurde der Beginn eines langen Prozesses, der aus der ACF trotz einiger Schicksalsschläge eine der wichtigsten französischen O.N.G.* machte, ebenso wirksam und professionell wie wir anfänglich kühne Amateure gewesen waren.

Denn die humanitäre Arbeit verträgt sich nicht mit Dilettantismus. Man benötigt dafür nicht nur Ärzte und Krankenschwestern, sondern Fachleute für Hydraulik, Logistiker, verschiedene Techniker, die alle bereit sein müssen, sich in manchmal schwierige Verhältnisse und eine feindliche Umwelt zu begeben. Man braucht dafür Koordinatoren, Strukturen, umsichtige Geschäftsführer, die manchmal für beträchtliche Summen verantwortlich sind. Heute ist José Bidegain Präsident der ACF und Nathalie Duhamel Geschäftsführerin: ein starkes Team.

In dem Maße, wie die Vereinigung sich entwickelte, hatten ihre Gründer weniger damit zu tun und verloren,

* Organisation Non-Gouvernementale: Nicht Regierungsorganisation. (Anm. d. Ü.)

bis auf einige, das Interesse an ihrem Funktionieren. Das trifft aber nicht für mich zu. Ich lasse nie etwas los, worin ich mich verbissen habe.

Man mußte von romantischen Ansichten zum pragmatischen Handeln gelangen. Das ist immer schwer. Ich hatte beim Thema Äthiopien einen ernsten Zusammenstoß mit B.H.L., dann verloren wir uns aus den Augen.

1994 besuchte mich der Verleger Olivier Orban und fragte, ob ich mit B.H.L. zusammen ein Buch zum Thema *Die Männer und die Frauen* verfassen möchte. War B.H.L. einverstanden? Ja, war er. Es war ein amüsantes Unternehmen. Aber wir hatten beide gerade andere Arbeiten zu erledigen. Es wurde beschlossen, die Realisierung der neuen Geschichte bis zum Sommer aufzuschieben, den wir beide in Südfrankreich verbringen wollten.

Nun stellte sich ein technisches Problem: Wie würden wir konkret vorgehen? Einen Entwurf verfassen und vor einem Tonband daran weiterarbeiten? Die Ergebnisse sind immer enttäuschend. Das gesprochene Wort ist stets überfrachtet; der Satz ist schlecht gebaut, muß anschließend umgeschrieben werden und verliert dann an Schwung und Frische . . . Die einzige Person in meinem Bekanntenkreis, die mit derselben Präzision spricht wie sie schreibt, ist Raymond Aron. Wir mußten etwas anderes finden. Wir würden unseren Dialog per Fax führen, das heißt, unsere Erwiderungen abwechselnd schreiben. So wäre die Lebendigkeit des Dialogs gewahrt, aber in der nüchternen Form, die allein das Schreiben gewährleistet. Wir betrieben dieses Verfahren zwei Monate lang, während denen wir uns beide in ein paar Kilometer voneinander entfernten Häusern niederließen. Am Ende kam ein ziemlich klarer Text heraus.

Während der Arbeit passierte etwas Merkwürdiges. Ich glaubte B.H.L. zu kennen, er glaubte mich zu kennen, wir hatten oft zusammen die Welt verändert und schwammen in den entscheidenden Fragen auf derselben Wellenlänge. In den entscheidenden Fragen, aber eben nicht über Männer und Frauen, eine Frage, über die wir nie diskutieren hatten müssen. Nun entdeckte ich, je weiter unser Dialog fortschritt, einen romantischen, aber hartnäckigen »Macho«, er begegnete einer ruhigen, aber unbeugsamen Feministin. Das wurde manchmal stürmisch. Es machte Spaß und brachte uns einander näher.

Ich falle nicht auf seinen Charme, seinen Zauber herein, dessen Wirkung auf die verschiedensten Menschen, Männer wie Frauen, ich beobachten konnte, wenn er nicht einen entschlossenen Widerstand hervorruft, sich »von ihm kriegen« zu lassen. Dann wendet B.H.L. sich ungerührt ab.

Was mir an ihm gefällt, ist das, was sich hinter der Maske des Verführers verbirgt: Mut. Geistiger Mut, körperlicher Mut. Er ist ein Löwe. Alles andere ist nebensächlich. Eine bestimmte Art, sich ein wenig zu sehr ins Gerede zu bringen, die Eitelkeit seiner ausgeschnittenen Hemden, die Hast, mit der er sich in unwahrscheinliche Abenteuer begibt, das Unbehagen, das dieser »Normalien«* den Akademikern bereitet, sein Dasein als »Luxuslinker« . . . Er leidet manchmal unter dem Bild, das man von ihm hat, einem marktschreierischen Gecken, zu schön, um ehrlich zu sein, da er weiß, wie oberflächlich es ist. Aber er kommt dafür auf. Und er geht seinen Weg mit einem geschärften Bewußtsein für die Verantwortung des Intellektuellen in der Gesellschaft. Man wird ihn nie bei einem Kampf vermissen, wenn er ihn für richtig hält.

Wenn Sarkasmus je fehl am Platz war, dann der, mit dem sein Einsatz zugunsten Bosniens zuweilen bedacht

* Normalien: Absolvent der Ecole Normale. (Anm. d. Ü.)

wurde. Er hat sehr früh klargesehen und hat, unter Lebensgefahr, nicht von seiner Meinung abgelassen. Auch ohne Rücksicht auf seine freundschaftlichen Beziehungen mit François Mitterrand, die davon entscheidend beeinträchtigt wurden, nachdem er ihn provoziert hatte.

Als er mich bat, der kleinen Gruppe beizutreten, die er gebildet hatte, um sich zu diesem Problem Gehör zu verschaffen, tat ich es ohne Zögern und sogar mit Dankbarkeit. Endlich etwas für Bosnien tun können, schreien, sagen, daß wir dort jeden Tag dem Münchner Abkommen beiwohnten, die Verantwortlichen dieser Niederträchtigkeit herausfordern. . . .

Ich fuhr nach Bosnien. Das war zwei Tage nach dem Fall der Enklave von Zepa, einige Tage nach der Tragödie von Srebenica. Was ich dort sah und aus dem Mund entsetzter Flüchtlinge hörte, werde ich nie vergessen. Ja, man mußte für Bosnien kämpfen.

Dies alles schreibe ich, um zu sagen, daß ich für B.H.L. keine oberflächliche, sondern eine tief begründete Freundschaft empfinde.

Unser Dialog eines Sommers hatte großen Erfolg, auch in den USA, wo der Verleger ihn umbenannte: *Die Frauen und die Männer.* Wahrscheinlich aus Gründen der »political correctness«!

Die Treffen zum Thema Bosnien, bei denen B.H.L. mich gezwungen hatte, das Wort zu ergreifen – was mich wie alle Schüchternen immer noch in Schrecken versetzt –, hatten mir neue Energie gegeben. Ohne die Annehmlichkeiten meiner besonderen Situation – keinen Vorgesetzten und dank meiner Bücher ein beträchtliches Einkommen – zu unterschätzen, litt ich manchmal unter dem deprimierenden Gefühl, keine oder nur noch wenig Teilhabe an den Dingen zu haben. Nachdem ich jahrelang – erst durch den *Express*, bei dem jeder Leitartikel eine

Handlung bedeutete, dann durch die ministerielle Tätigkeit, die konkrete Ergebnisse brachte – daran gewöhnt gewesen war, Einfluß zu haben, fühlte ich mich nicht mehr wirklich betriebsfähig oder nur manchmal durch Vermittlung des *Observateur.* Daher kam eine gewisse Melancholie, eine flüchtige Sehnsucht.

Oft dachte ich an einen Satz von Mauriac: »Ich bin eine alte Lokomotive, die Waggons nachschleppt, die pfeifen kann, und es kommt noch vor, daß ich jemanden überfahre.«

Ich war eine alte Lokomotive, das mußte ich zugeben, aber ich stand dem Himmel sei Dank noch nicht auf dem Abstellgleis. Ich war für Einzelhandlungen, wenn sie sich anboten, noch gut genug. Ich konnte pfeifen oder jemanden überfahren. Aber darüber hinaus?

Was tun? Schreiben, einfach wieder schreiben . . .

Ich saß vor dem Computer und suchte die ersten Zeilen eines neuen Werks, als sich wunderlicherweise plötzlich ein Satz in mir formte. Ein Satz, der keinerlei Bezug zu dem hatte, was ich plante. Dann kam ein zweiter Satz, dann ein dritter. Was war ich denn da im Begriff zu tun? Wer waren diese Figuren, dieser Mann, diese Frau, die meinen Bildschirm bevölkerten? Wie waren die beiden dahingekommen, mit welcher Unverschämtheit? Sicher ist, daß sie mich nicht um Erlaubnis baten, die Helden meines Romans werden zu dürfen. So schrieb sich *Mon très cher amour*, das keinen biografischen Hintergrund hat, die Geschichte einer Eifersucht, obwohl ich doch gar nicht eifersüchtig bin, die aus dem Nichts entstand, aus einer geheimnisvollen Region in meinem Gehirn, wo sie sich aufgehalten hatte. Das sind die Streiche, die das Schreiben einem spielt.

Das dünne Buch hatte beachtlichen Erfolg, aber mein

Buchhändler machte mir Vorwürfe. Das war nicht das, was er von mir erwartete. Er wollte mehr Gewicht, mehr Substanz, mehr Reflexion. Mein Buchhändler ist sehr anspruchsvoll.

Ich weiß nicht, wie ich auf die Idee kam, über Clemenceau zu schreiben. Irgendwer sprach vor mir seinen Namen aus, ich packte sofort zu. Clemenceau: Geschichte, Politik, eine maßlose Persönlichkeit, genau das brauchte ich. Meine Kindheit war von ihm erfüllt gewesen. Meine Mutter schwärmte für ihn, mein Vater hatte ihn gekannt. Ich zog tapfer zum Angriff auf Clemenceau aus, um ziemlich schnell zu entdecken, daß namhafte Historiker ihm ausführliche Werke gewidmet hatten.

Was sollte ich da hinzufügen können? Ohne mitzurechnen, daß ich keine Lust hatte, sein Leben Ministerium auf Ministerium und im Ersten Weltkrieg Regiment auf Regiment nachzuerzählen. Da kam ich auf die Idee, eher ein Porträt denn eine Biografie im klassischen Sinn zu wagen, und es so dicht und informationsreich zu machen wie möglich, aber knapp und bündig, leicht verdaulich.

Um es völlig unbescheiden zu sagen: Ich mag das Buch *Cœur de tigre*, das ich geschrieben habe, sehr. Ich arbeitete gerne daran, obwohl ich wußte, daß ich dieses Mal keinen Verkaufsschlager landen würde – wer interessiert sich denn noch für Clemenceau? Aber das war bedeutungslos. Man soll nie mit dem Blick auf die Leserschaft schreiben. Wenn man sie erreicht, um so besser.

Ich konnte in diesem Buch Dinge über Frankreich, über die Republik, über den wunderbaren Mann, der sie solange mit Ausrutschern, Ausschweifungen, Mut, Marotten verkörperte, sagen, die mir am Herzen lagen. Eine bereichernde Arbeit also, die mir zu allem Überfluß noch die glückliche Überraschung bot, daß ich eine große Leserschaft fand.

Was sollte ich nun tun? Ich hatte mein Journal, *Le Journal d'une Parisienne*, bei Seuil*, aber das war eine Nebenbeschäftigung, die nicht ausreichte, um mich zu beschäftigen. Ich brauchte ein Projekt, ein ausreichend umfassendes Thema, das mich von mir selbst ablenken konnte.

Ich fuhr mit einer Menge Bücher, die mich inspirieren sollten, in mein Haus in Antibes. Und dort holte die Depression mich wieder ein. Eine milde Depression, nichts, was sich nicht mit den entsprechenden Tabletten beenden ließ, aber ich mußte sie im Keim ersticken, ihr untersagen, sich einzunisten. Damals erkannte ich, daß ich nicht mehr in der Lage war, die Einsamkeit zu ertragen, zu der ich in diesem Haus verbannt war.

Es war ein hübsches Landhaus, das ich mit den Einkünften von *Alma Mahler* erworben hatte. A. liebte es leidenschaftlich. Wir nützten es oft. Ich pflanzte Blumen, A. pflegte den Rasen, wir gingen zum Markt, ich kochte Gerichte, die dem entsprachen, was die Jahreszeit gerade bot, wir badeten im Glück. Am Nachmittag arbeitete ich ein wenig, A. las Manuskripte, dann kam die Stunde des Pastis und des Boulespiels mit dem Klempner und dem Maurer, die Leute vom Dorf waren unsere Freunde geworden. Wir waren glücklich. Nun, das war vorbei . . .

In diesem Sommer in Antibes, als ich auf der allzu steilen Treppe stolperte, hatte ich das Gefühl, urplötzlich alt geworden zu sein. Alles erschien mir anstrengend, ermüdend, mir, die ich alles allein schaffen konnte, die ich unerschöpfliche Kräfte hatte, die es sich als Ehre anrechnete, nie Hilfe zu brauchen, die doch robust wie ein Pferd war – wie war das möglich?

In Wahrheit war das Glück in diesem Haus mit A. ge-

* Unter diesem Titel erschienen beim Verlag Seuil 1994, 1996, 1997 Schriften über Françoise Giroud. (Anm. d. Ü.)

storben, und ich hatte verrückterweise gemeint, es noch ein paar Jahre fortsetzen zu können. Aber das Haus selbst zeigte mir, daß ich anmaßend gewesen war, daß es ohne A. nicht leben konnte.

Ich hoffe, daß das eine oder andere meiner Enkelkinder eines Tages Lust hat, es für sich zu nützen. Während ich darauf warte, überlasse ich es manchmal Freunden. Ich kann mich nicht entschließen, es zu verkaufen.

Ich war also alt geworden.

Bis dahin war das etwas Unglaubliches, ich war mir meines Alters nie bewußt gewesen. Ich hatte mir zu keinem Zeitpunkt darüber den Kopf zerbrochen. Die Geburtstage gingen vorüber: Dreißig, vierzig, fünfzig, sechzig, ohne daß ich ihnen Beachtung schenkte. Überdies blieb ich immer dieselbe, war kaum von den Jahren gezeichnet. Die Angst vor dem Älterwerden beutelte mich aus einem einfachen Grund nicht: Ich alterte kaum, oder so wenig, daß ich deswegen wirklich kein Theater machen mußte. Eine Falte hier, eine Falte da ...

Ich hatte meine Kindheit und die Jahre um zwanzig herum als schrecklich empfunden, das schöne Alter begann meines Erachtens mit dreißig, erreichte mit vierzig seinen Höhepunkt, und ich sah es vor mir liegen, als würde es nie enden. Das hatte in mir die dumme Überzeugung vom Fortbestand der Jugendfrische geweckt. Und plötzlich zerrann sie mir zwischen den Fingern ... Verlust des Gleichgewichts, eine unsichere Hand, ein schlechteres Gehör, schlaffe Arme und diese Müdigkeit, diese Müdigkeit ... Mir blieb nichts übrig, als meinen siebzig Jahren möglichst würdevoll die Stirn zu bieten.

Glücklicherweise hindern mich die konkreten Alterserscheinungen nicht am Schreiben.

Deshalb kann ich meinen Verfall relativ gelassen hinnehmen. Manchmal bäumte sich etwas auf in mir, ich möchte schreien »Genug! Ich habe es satt zu altern! Ich will, daß das aufhört . . .«, und dann mache ich mich wieder an die Arbeit und finde zurück zur Ruhe.

Aber mit dem Alter nähert sich sein Bundesgefährte, der Tod. Ob man es will oder nicht, man beginnt daran zu denken. Dieses Miststück umschleicht einen!

Ich habe keine Angst davor, ich hatte nie Angst davor. Der animalische Anteil in mir wehrt sich angesichts von Gefahr, aber vom Kopf her habe ich keine Angst. Was Milliarden von Menschen vor mir widerfahren ist, scheint mir von entwaffnender Abgedroschenheit und geringem Anlaß für endlose Überlegungen.

Das Letzte Gericht? Ich glaube nicht daran. Wenn ich daran glaubte, hätte ich allerlei Grund, es zu fürchten, aber ich glaube nicht mehr daran als an die Wiederauferstehung, und folglich muß ich mich nicht bemühen, in meinen letzten Lebensjahren mein Seelenheil zu retten. Ich glaube an die Macht des Geistes über die Materie, aber im lebenden Körper, nicht irgendwo im Äther.

Der Tod ist nur ein Abschnitt im Leben, dessen Beginn in meinen Augen weit rätselhafter ist als das Ende.

»Wo war ich vor meiner Geburt?« fragen die Kinder oft.

Eine gute Frage, auf die es keine Antwort gibt. Die Einzigartigkeit jedes Menschen, das ist das Geheimnis, das mich fasziniert, und die Vielfalt der Schicksale. Dieses schwindelerregende Gefühl, ein winziger Punkt im Weltgewebe zu sein, in seiner Pracht wie in seinem Grauen.

Es schockiert mich nicht, sterblich zu sein. Der Tod tut mir weh, wenn er mir die entreißt, die ich liebe, aber er empört mich nur, wenn er junge Menschen nimmt, nicht dann, wenn er solche ereilt wie mich, die ihr Leben gelebt haben. Ich hoffe nur, daß er mich schnell holt. Kein Krankenhaus, keine unendlichen Infusionen, keine bestialischen Schmerzen. Ich zähle auf die, die mich lieben, daß sie mir das ersparen.

Ärgerlich ist die Tatsache, daß man vor dem Ableben altern muß, und das hält eine Reihe kleiner Tode bereit. Seine Talente zu verlieren bedeutet ein wenig zu sterben, und das ist empörend. Ein Gesicht verwelken, einen Körper seine Form verlieren, die Hände sich mit Altersflekken übersäen sehen bedeutet, ein wenig zu sterben und ist abstoßend. Seine Kräfte zu verlieren, kurzatmig zu werden bedeutet, ein wenig zu sterben und ist anstrengend. Den Verführungskünsten eine Absage erteilen zu müssen, in den Augen der Männer zu Luft zu werden bedeutet, einen ganzen Teil seines Selbst sterben lassen zu müssen, und das ist hart, wenn man es anders gewöhnt war.

Die Leidenschaft für Kleider, die ich hatte und in die ich so viel Geld steckte, was soll sie anderes gewesen sein, als die Leidenschaft zu verführen? Meine Hüllen zu erneuern, um das Begehren und damit das Vergnügen zu erneuern?

Ich muß sagen, daß die Männer meines Lebens weit davon entfernt waren, mich wegen dieses Leichtsinns abzukanzeln – weshalb auch? Ich bezahlte meine Garderobe selbst. Im Gegenteil, sie bestärkten mich darin. Alle liebten mich, weil ich mich zu jeder Gelegenheit zu kleiden und nicht nur auszuziehen wußte. Oh, was für ein Reiz liegt in einem Kleid, das einem eine neue Seele verleiht . . .

In dieser Hinsicht finde ich die jungen Frauen von heute bejammernswert, entsetzlich, in was für sackartigen Gebilden sie herumlaufen. Heißt das, daß sie der Stimmung ihrer Zeit entsprechen und die Kleidung damit untrennbar verbunden ist? Oder haben sie die Lust zu gefallen verloren? Das wäre ein riesiger Einschnitt. Aber ich glaube weder das eine noch das andere. Die ganze Geschichte der Bekleidung spricht dafür, daß das, was man Mode nennt, ein spontaner Ausdruck der Gesellschaft in einem bestimmten Moment und ihrem Zustand entsprechend ist. Eine Gesellschaft – die französische zum Beispiel –, in der die Frauen den Wunsch zu verführen verloren hätten, wäre eine Ödnis ohne Ende.

Natürlich ist es nicht lustig, wenn dieses Verlangen verschwindet. Daß das zum Wesen der Dinge gehört, ist auch kein Trost. Das Wesen der Dinge ist in vielerlei Hinsicht abscheulich. Aber so geneigt man sein mag, sich dagegen zu wehren, so ist es doch besser, die Kräfte, die man sich bewahrt hat, beim Altern nicht dafür zu verschwenden: Schluß mit dem Gejammer!

Die Volksweisheit behauptet, daß jedes Alter seine schönen Seiten habe. Unsinn! Ich habe nie gesehen, daß das Alter welche hätte. Aber es ist wahr, daß man, unter der Bedingung, gesund zu sein, altern und das Glücksgefühl, am Leben zu sein, bewahren kann. Die Hauptsache liegt darin, das Interesse nicht zu verlieren. Das Interesse an Menschen, an Dingen, am Lauf des Geschehens. Es ist eine vom Alter unabhängige Anlage des Geistes, unter der Voraussetzung, daß man sie fördert statt zu resignieren. Resignieren: niemals! Älterwerden heißt, sich nicht mehr zu interessieren, gleichgültig zu werden. Dieses Unglück ist mir erspart geblieben. Aber ich passe gut auf, um anderen und dem Weltgetöse gegenüber wach zu bleiben.

So habe ich mich mit zweiundsiebzig darangemacht, mit dem Computer zu arbeiten. Lange dachte ich, daß ich es nicht lernen würde, daß es eine Anmaßung sei zu glauben, ich besäße eine solche Anpassungsfähigkeit.

Einer meiner Enkel, Jérémie, hat mich vom Gegenteil überzeugt: »Ich kenne dich. Du wirst das leicht schaffen.«

Er gab mir eine Adresse, wo ich dieses Tier erwerben konnte. Und dann geschah das Wunder: Binnen drei Lektionen von eineinhalb Stunden lernte ich, wie diese wunderbare Maschine zu bedienen ist.

Jenseits der Dienste, die sie mir tut, hat sie auf mich wie eine Verjüngungskur gewirkt. Mein Gehirn war also noch nicht eingerostet. Ich konnte noch . . .

Man sollte keine Gelegenheit versäumen, sich einen solchen Beweis zu verschaffen.

Manchmal bin ich erschrocken, wie sehr ich von meinen Gewohnheiten abhängig bin, fast wie eine Katze. Ich, die ich die Notwendigkeit von Veränderungen im Lauf der Karriere predige, die Gewandtheit, ja die Kühnheit, wäre ich heute fähig, zum Beispiel in einem Büro zu arbeiten? Mich ohne weiteres auf ein neues Arbeitsgebiet, auf unbekannte Menschen, auf verschiedene Orte umstellen? Nicht sicher. Ich kannte viele Leute, und es waren nicht die schlechtesten, feurige Verfechter der Veränderung, die mit vierzig nicht mehr ertrugen, daß man auch nur ihren Schreibtisch verrückte. Was soll ich also mit achtzig sagen . . .

Glücklicherweise stellt sich mir diese Frage nur theoretisch. Nichts spricht dagegen, daß ich meine Gewohnheiten bewahre. Aber die Frage beschäftigt mich für andere. So wie ich die Zukunft sehe, dürfte bald niemand mehr seines Arbeitsplatzes sicher sein. Niemand wird in einem Unternehmen älter werden und dort in Pension gehen. Man wird vielleicht zwanzigmal im Leben den Arbeitgeber wechseln. Das bestimmendste Wort für die Arbeit dürfte Ungewißheit, Unsicherheit sein. Wie sollte man diese Realität nicht sehen, obwohl sie sich schon ankündigt? Die alten Zeiten sind vorbei. An den neuen werden Entwurzelung, Umwälzung weh tun, sehr weh.

Es bedeutet ein wertvolles Privileg, so wie ich jemand

zu sein, der närrischerweise schreibt und das überall tun kann, vorausgesetzt, es ist dort nicht allzu laut!

Das Thema meines letzten Werkes, Cosima Wagner, habe ich eines Abends im Konzert gefunden. Pierre Boulez dirigierte Prokoffjeff. Der ließ mich an Wagner denken, und Wagner an Cosima. Eine kleine Lampe ging in meinem Kopf an: Cosima, Cosima, das ist eine Persönlichkeit für mich. Was war schon über sie geschrieben worden? Gab es schon ein wichtiges Buch über sie, oder war das Feld noch frei?

Ich befragte Èliane Victor, eine Wagner-Expertin, die mich an diesem Abend begleitete. Zuerst entmutigte sie mich. Zu kompliziert, zu schwer, ich würde alle Wagnerianer auf mich hetzen. Aber das war eher dazu angetan, mich anzustacheln. Als sie das erkannte, half sie mir bei meiner Dokumentation.

Ich hatte mich an eine schwierige Arbeit gewagt. Cosima ist in ihrer Verwobenheit, ihrem einzigartigen Innenleben, der Leidenschaft, die sie beseelte, eine unvergleichbare Geliebte. Das Männerquartett, das sie umgab – Wagner, Ludwig II. von Bayern, Nietzsche, von Bülow – beschäftigte mich ein Jahr so, daß ich keine Zeit hatte, mich zu fragen, ob der Tod um die Ecke lauere. Ich war völlig von mir selbst abgelenkt.

Wenn mein Leben weitergeht, werde ich noch ein Buch schreiben, vielleicht zwei, aber jetzt bin ich am Ende meines Weges angelangt.

Noch einmal von vorn anfangen? Nein! Die Waage neigt sich zu sehr zum Schmerz hin. In einer Reinkarnation zu erscheinen würde mir schon besser gefallen. Ich wäre gerne eine Katze in einem guten Haus. Eine neckische und seidenweiche Katze, wie Malraux sie so liebte, der sogar behauptete, die Schlacht bei Azincourt sei von den Katzen gewonnen worden. Wie das ging? In der englischen Armee gab es Katzenkompanien. Damals tötete man sich mit Bögen, deren Sehnen eingefettet werden mußten. Die Ratten von Azincourt, die gierig nach Fett waren, zernagten die Sehnen der Bögen der Franzosen. Aber sie rührten nicht an die Bögen der Engländer, die von Katzenposten bewacht wurden. Und deshalb wurden die Franzosen unter Charles VI. von den Engländern unter Henry V. zerfetzt . . .

Wo zum Teufel hatte Malraux das her?

Aber ich schweife ab. Noch einmal: Mein Leben von vorn anfangen – nein. Gewissensbisse? Natürlich. Ich habe oft jemandem Leid zugefügt, das ich nicht wollte und wofür ich mich verdamme. Bedauern? Selbstverständlich. Ich hatte nicht die Zeit, ein Zehntel von dem auszuführen, was ich mir erträumte. Sprachwissenschaft, Autorennen, Tanz, von der Medizin ganz zu schweigen. Ich hätte gerne alle Sprachen erlernt, alle Sportarten ausgeübt, die Religionsgeschichte von Grund auf gekannt, alle Pforten des Wissens geöffnet . . .

Aber so geht es in jedem Leben.

Ich habe mich nie ganz mit dieser fortschreitenden Verarmung abgefunden, zu der einen das Vergehen der Zeit zwingt, aber das sind die letzten Luftsprünge einer unverschämten Jugendlichkeit. Noch heute besitze ich die verrückte Überzeugung, lernen zu können. Ich lese, ich probiere. Leider läßt mich mein Gedächtnis im Stich. Ich lese etwas, aber ich vergesse es. Dann werde ich wütend, was ein Zeichen ist, daß irgend etwas in diesem alten Getriebe noch funktioniert.

Wo Revolte ist, ist auch Leben.

Manchmal bin ich traurig, daß ich keine Enkelin habe, eine dieser barschen und dreisten jungen Mädchen von heute, das ich versucht hätte, ins Leben einzuführen. Ich bin von Jungen umzingelt, und meine Urekelinnen sind zu jung, als daß ich ihnen etwas von meinem Wissen vermitteln könnte. Die Jungen sind mir lieb, sie gefallen mir und lassen mich hoffen, daß aus ihnen aufrechte und mutige Männer werden. Was soll ich vortäuschen, daß ich in ihnen nicht begierig nach einem Zug suche, den sie aufgrund der Launen der Genetik von mir haben könnten? Überleben heißt nichts anderes: einen Zeugen hinterlassen.

Um ihretwillen möchte ich mich geradehalten und solange wie möglich vom Verfall verschont leben. Ich weiß nicht, was für ein Bild sie sich von mir machen: eine etwas ausgefallene Großmutter zweifellos, aber eine, auf die sie zählen können. Ich liebe den Gedanken, ihnen eine Stütze zu sein, mit deren Hilfe die Jüngsten das Fliegen lernen. So ist der Kreislauf des Lebens.

Als Kind dachte ich, die Sterne seien die Seelen der Toten, und daß jedesmal, wenn ein menschliches Leben verlöscht, ein neuer Stern aufleuchtet. Die Seele meines Vaters hatte ich im Polarstern untergebracht.

In einem letzten Anflug von Leichtgläubigkeit habe ich den Gedanken, eines Tages ein Stern zu werden, nicht ganz aufgegeben. Ich hätte gerne, daß er in der südlichen Hemisphäre auftaucht, wo der Himmel von Lichtern wimmelt, und daß die Astronomen, wenn sie den Schrei bei seiner Geburt hören, sagen: »Das ist nichts. Nur eine Seele. Das muß Nummer 77 427 311 974 sein.«

Das ist, in aller Bescheidenheit, mein letztes Vorhaben. Man wirft mir vor, das sei nicht sehr vernünftig. Aber es hat wohl jeder das Recht zu träumen. Schließlich träumte schon Platon von etwas Derartigem . . .

Es ist unnütz, darüber zu grübeln, während ich auf diese unsichere Verwandlung warte. Ein Jahr mehr oder weniger, meine Zukunft ist allzu klar.

Im Gegensatz dazu ist mir die nähere Zukunft, in der meine Jungen leben und sich entwickeln werden, ein Quell ständiger Qual. Soll ich sie ermutigen, in den USA zu leben, beispielsweise? Oder in Asien?

Im Lauf von achtzig Jahren habe ich die Welt sich unter vielen Unruhen von Grund auf verändern, habe ich Frankreich viele Krisen durchlaufen sehen. Nicht einmal in den schlimmsten Momenten herrschte Hoffnungslosigkeit. Der Krieg? Den würde man gewinnen. Das Elend? Da war der Marxismus im Vormarsch, der würde die Verdammten der Erde retten. Die Löhne waren miserabel? Sie würden steigen. Wenn man die sogenannten Konsumjahre geißelt, vergißt man zu erwähnen, was sie für die bedeuteten, die zum erstenmal daran teilhatten. Die materiellen Güter können die Ideale nicht ersetzen? Sicherlich. Man kann eigentlich vernünftigerweise nicht drei Autos und vier Kühlschränke besitzen wollen, aber sie waren wunderbare Stellvertreter für die Hoffnung.

Und so finden wir uns in der Situation, daß man in Frankreich seit zwanzig Jahren der Hoffnung den Rücken kehrt und sie durch die Angst ersetzt habt. Angst, die Arbeit zu verlieren, Angst um die soziale Absicherung, Angst vor den Einwanderern, Angst vor Le Pen, Angst vor Maastricht, Angst vor der Globalisierung der Wirtschaft, Angst um die Kinder, die den sozialen Aufstieg nicht mehr schaffen werden, und das alles zusammen führt dazu, mit der Angst vor dem Leben zu enden ...

Zu glauben, daß fünfzig Jahre äußerer und innerer Sicherheit uns alle Klauen und Zähne gezogen haben ... Daß wir nichts mehr können, als über die Zukunft zu lästern und melancholisch an einer Vergangenheit herumzukauen, die uns entgleitet.

Daß es einiges gibt, worüber man melancholisch werden könnte, ist offensichtlich. Ein bestimmtes Frankreich ist im Begriff zu verschwinden, und vor allem ist es dabei, zu schnell zu verschwinden. Veränderung gehört zum Leben, aber wenn der Takt der Veränderung den natürlichen menschlichen Rhythmus überholt, ist das schlecht. Da stehen wir, und das ist schlecht für uns.

Aber die Veränderung kann aufregend sein, wenn sie überlegt erfolgt!

Es geht nicht darum, dem Optimismus höhnische Ermahnungen entgegenzuschleudern, sondern darum, sich darüber bewußt zu werden, daß keine größere Gefahr existiert als die einer allgemeinen Unterwerfung gegenüber der Härte der Zeit. Auf diese Art endet eine schlappe Nation in den Fängen eines Demagogen.

Das ist eine der wenigen Vorstellungen, die mir immer Angst eingejagt haben. Angst vor dem Faschismus. Angst vor dem Moment, in dem es in Frankreich nicht mehr genügend Menschen geben wird, die wissen, was Faschismus wirklich heißt, weil sie ihn selbst miterlebt haben. Wenn das Kleinbürgertum umzukippen droht . . . das war immer so. Zuviel Arbeitslosigkeit, zu viele unbezahlte Wechsel, massenhafte Heranbildung verbitterter Absolventen, die keine Stelle finden, der provozierende Luxus einer dünnen Oberschicht, führende Politiker, die der Situation nicht Herr zu werden scheinen, sogar ebenso ohnmächtig wie korrupt sind . . . Mein Gott! Das Rezept ist bekannt. Es hat in Deutschland und Italien allzu gut funktioniert . . . Warum sollte Frankreich nicht dafür empfänglich sein? Weil es in der Vergangenheit nicht dafür empfänglich war?

Der italienische Schriftsteller Vittorini behauptet, daß die Freizügigkeit der Franzosen hinsichtlich der Sexualität sie vor dem Virus des Faschismus schützt. Das ist eine interessante These. Man könnte sie auf die Genußfreudigkeit im allgemeinen ausdehnen, die wirklich eine spezifisch französische Eigenschaft ist. Aber schließlich möchte man sicher sein . . .

Diese Möglichkeit, die zugegebenermaßen nicht allzu klein ist, mal außer acht gelassen, sind die Bedingungen in Frankreich günstig, um einem autoritären Populismus das Bett zu bereiten, der sehr schnell weniger populistisch als viel mehr autoritär wäre.

Wer wird ihm Einhalt gebieten? Nicht die alten Kämpfer. Ein alter Kämpfer ist jemand, der den Drachen getötet hat und der glaubt, daß man, um ihn an der Wiedergeburt zu hindern, sich erinnern muß, die Würdigung der Opfer pflegen muß, die Flamme der Sache hochhalten muß, der nächsten Generation das Vergessen verbieten muß. Wunderbar. Aber während sie vor der Hülle des Drachens vorbeiziehen, hat der längst ein anderes Aussehen angenommen, steckt, zwar klein, in einer neuen Haut. Und genau da muß man die Treibjagd auf ihn veranstalten.

Die überlebenden Nazis interessieren mich nicht. Sie interessieren mich nicht mehr. Da nicht einer unter ihnen fähig ist zu erklären, wie im 20. Jahrhundert, im Herzen Europas, das immerhin das Zeitalter der Aufklärung hinter sich hatte, in einem hochentwickelten christlichen Land die Barbarei triumphieren konnte. Ein deutscher Nazi plus ein deutscher Nazi plus ein deutscher Nazi ergeben das nationalsozialistische Deutschland, eine völlig übereinstimmende Menge, besoffen von dieser höheren Form des Faschismus, den der Hitlerismus verkörperte, der von der Arbeiterklasse angeführt wurde, der deutschen Arbeiterklasse, die als eine der höchstentwickelten galt.

Danach stellt man sich keine unbeantwortbaren Fragen mehr.

Dennoch ist es kein neuer Hitler, den ich für Frankreich fürchte, auch nicht das Wiedererwachen des Faschismus in Deutschland. Aber, ich fürchte, wenn ich das bescheidener sagen darf, eine moderne, einnehmende, heimtückische, langsam um sich greifende Form des Übels, die alle unsere Ängste, alle unsere Unsicherheiten, alle unsere Sehnsüchte aufzugreifen wüßte und die zum Beispiel eine Karikatur des italienischen Faschismus wäre. Vorboten tauchen da und dort auf, und man sollte sie nicht für einzelne, womöglich lächerliche Episoden halten. Die populistischen Aktiönchen haben bereits begonnen. Man muß blind oder reichlich sorglos sein, um sie nicht zu sehen.

Wenn ich übers Altern traurig bin, sage ich mir, daß ich wenigstens nicht miterleben muß, wie sie Oberhand gewinnen. Dann wieder werfe ich mir vor, Wahnvorstellungen zu hegen. Frankreich faschistisch? Ach was!

Nun bleibt es mir noch abzuschließen. Ganz kurz.

Ich habe einen langen Weg auf einer manchmal rauhen, steinigen, schmerzvollen, freudenreichen Straße zurückgelegt, die viel Liebe bereit hielt, selten mittelmäßig war und immer schöner wurde, je mehr ich mich dem Alter näherte.

Was will man mehr? Wenn der Tod mich heute nacht ergreift, sage ich: »Danke, Leben!« . . .

Das könnte meine Grabinschrift sein, aber ich will keine Grabinschrift. Ich will, daß man aus meiner sterblichen Hülle Asche als Dünger für die Blumen macht. Der Staub einer Frau, um Rosen zu düngen – das ist eine gute Art, seine Ehrerbietung zu erweisen und sich der lebenden Erde einzuverleiben, anstatt sich in eine dieser Büchsen einsperren zu lassen, als sei der Tod ansteckend.

Aber das ist morgen oder übermorgen wichtig. Mir bleibt es, leidenschaftlich »das jungfräuliche, lebhafte und schöne Heute« zu leben.

Ein intimes Tagebuch

Sie hat für Dostojewski die entscheidende Rolle gespielt: Polina Suslowa, die zum Archetyp all seiner Frauengestalten wurde. Mit ihr verstrickte er sich in eine alles verzehrende Haßliebe...
Polinas Tagebuch und Briefe führen mitten hinein in diese wechselseitige Ekstase und Qual. Seiner Verfasserin diente es als »schmerzstillendes Mittel«, für die heutige Leserschaft ist es eine einzigartige historische Widerspiegelung der russischen gebildeten Gesellschaft.

Polina Suslowa
Dostojewskis Ewige Freundin
Mein intimes Tagebuch
Mit einem Nachwort von Verena von der Heyden-Rynsch
176 Seiten
Ullstein TB 30399

Ullstein Taschenbuchverlag

»Eine der ungewöhnlichsten Frauen dieses Jahrhunderts.« *Die Welt*

Ausgehend von dem Schicksal des tibetischen Hirtenvolkes Is, schildert Alexandra David-Néel, »die Königin des Himalaja«, die Begegnung von »Chinas wildem Westen« mit der Zivilisation: »Das Buch ist sowohl einer jener faszinierenden Reise- und Erlebnisberichte... als auch in guter Kombination mit einer Fülle von Informationen ein Sachbuch von hohem Wert.«

Prof. Dr. Walter Raunig,
Staatliches Museum für
Völkerkunde, München

Alexandra David-Néel
Land der Is
In Chinas wildem Westen
320 Seiten
Ullstein TB 30403

Ullstein Taschenbuchverlag

Wie überlebe ich, daß ich überlebt habe?

Als eine Hautkrankheit die Journalistin Odile Grand befällt, muß sie sich der Konfrontation mit ihrem in Auschwitz ermordeten jüdischen Vater stellen. Um Frau und Tochter zu retten, hatte er sich der Gestapo in Frankreich ausgeliefert. Ein eindringlicher autobiographischer Roman, in Frankreich lange unter den ersten zehn der Bestsellerliste.

Odile Grand
Gelb – auf dem Herzen getragen
Roman
Deutsche Erstausgabe
200 Seiten
Ullstein TB 30417

Ullstein Taschenbuchverlag